U0165779

現代散文概論

張堂錡 著

五南圖書出版公司 印行

序

從1991年出版《黃遵憲及其詩研究》至今，我投身於現代文學研究與教學已近三十年，撰寫和出版的學術專著有十餘種，創作及主編的書籍也有許多，但作為一名大學教師，多年來與我關係最密切的其實是一系列的教程專書。它既是我研究心得的呈現，又是我教學現場的回饋。能將研究的成果以系統的方式運用於實際教學，一直是我的心願。早在1990年代初，我在一次東吳大學舉辦的現代文學教學研討會上，就曾經公開呼籲各領域的學者應該將其教學心得寫成教程專書，一方面可以總結自身的教學經驗，一方面又可以藉此與相關領域教師切磋交流，共同完善學科的建構。不論是思想或文學，也不論是古典或現代，只要日積月累，這類的教程將構築出大學通識教育的學習寶庫，甚至是專業課程的殿堂入門。

然而，當時的呼籲沒有獲得太多迴響。許多人對我說，構想很好，實現很難。我也同意。但我想，自己總要先嘗試才有說服力建議其他人一起投入吧。恰好任教於空中大學人文學系的簡恩定教授想編寫一部《現代文學》教科書，邀我和唐翼明、周芬伶參加，我負責現代散文，其他三位負責新詩、中國現代小說、台灣當代小說。1997年由空大出版。就這樣，我開始了教程系列的書寫計畫。同樣任教於空大的沈謙老師顯然滿意於我撰寫的現代散文的教材內容，遂邀我再寫《文學創作與欣賞》一書，負責現代小說部分，他負責散文，趙衛民則寫新詩，2000年由空大出版。2003年，我將現代小說部分交由五南圖書公司出版了《現代小說概論》，同年還與復旦大學欒梅健教授合作編寫出版了《中國現代文學概論》。這兩本書被許多學校採用，銷路一直不惡。於是，2008年，我和梅健兄再度合作編寫《大陸當代文學概論》出版。至此，關於現代文學的三本教程都已問世，唯獨最初完成的現代散文卻遲遲未予出版。

自1999年進政大教書開始，我便一直擔任現代散文課程的教學，至今20年。前二年採用空大《現代文學》作為上課指定用書，不料後來因為颱風，導致空大教科書倉庫淹水，以致無書可用，從此便一直使用自編講義。近幾年因為學校實施課程精實方案，原本一年4小時的課程改為一學期3小時，課時減少後上課內容也被迫大幅調整精簡，這使得我重新思考採用教科書以補充上課內容的不足，加上多年來一直有同行或研究生來催促出書的可能性，於是決定稍加編改後讓這本書稿問世。

當年寫這本書時，正值1990年代，臺灣散文迎來了一次春天的高峰，各種實驗與書寫讓人眼花繚亂，也讓人欣喜不已。因此這本書的文本取材主要集中在1970-1990年代，新世紀以後的發展則透過上課時的補充舉例來介紹。書稿多維持原樣，僅稍微更動了一些時間上的敘述而已，不打算大幅改寫，一來受限於時間，二來也想保留那個階段散文的主要樣貌。為使讀者對散文歷史的變遷有所認識，特別加上中國現代散文、大陸當代散文和台灣散文發展歷史概況的三篇文章，如此將可使這本書在散文本質論、技巧論、文體論、思潮論之外，加上歷史論，而更臻完整。

這部書稿的問世，讓我的現代文學教程四書：《現代小說概論》、《現代散文概論》、《中國現代文學概論》、《大陸當代文學概論》的寫作設想，終於得以實現。記得踏上現代文學教研道路之初，曾經受到空中大學人文學系的沈謙老師、簡恩定兄的提攜和鼓勵，但如今兩位卻都已不在人世，世事無常至此，思之怎不令人悵然。

張堂錡

2019年11月寫於政大中文系

目　錄

第一章

現代散文的文體特徵

第一節 現代散文的源流及定義

一、現代散文的源流

現代散文的發軔，是在20世紀初葉，白話文運動倡議前後數年之間，至今已有百年的歷史了。我們知道，任何文學體式的產生、形成，都有其歷史、社會和文學規律發展的背景，現代散文也不例外。追索現代散文的源流，約有四個主要源頭：

1.中國傳統散文的豐富滋養

散文一詞，在我國傳統文論中，通常是指與韻文、駢文相對的散行文體，是一個非常寬泛的概念。不僅包括記敘、抒情的文學作品，小說、歷史、哲學、傳記以及應用文等都可歸入散文範疇。從先秦兩漢的諸子散文、史傳散文到韓愈、柳宗元等唐宋八大家的古文，散文一直是和韻文同時發展的兩大文學系統。各種筆記、雜著、碑碣、序跋、尺牘、日記等，也都屬於廣義的散文。這些多樣的文化資產，遍佈於經史子集中，形成中國散文的一大傳統，也是現代散文滋生萌芽的堅實土壤。魯迅在〈雜談小品文〉中就認爲：「史記裡的伯夷列傳和屈原列傳除去了引用的騷賦，其實也不過是小品……」。

莊子的哲理文，充滿瑰麗的想像、文學的美感；司馬遷的史記，文史雜揉，寫人敘事俱見文采煥發；唐宋古文大家，更是將散文的技巧發揮得淋漓盡致，令人目不暇給，其章法之變化無窮，樹立了古典散文的典範，非常值得今人學習。我們不能否認，其與現代散文之間是有著一脈相承的血緣關係，許多現代散文作家依然在這些豐富的遺產中得到啟發，如林非《中國現代散文史稿》中就曾指出冰心的小品是「吸收融化了中國古典文學和西方文學中的詞彙，加以精心的錘煉，從而豐富了自己作品的表現能力」，也認爲「魯迅的雜文，就是在藝術上受到了春秋戰國時代諸子散文的影響，又吸收魏晉文章的藝術特色。」因此，要論現代散文的源流，絕不能忽略掉古典散文傳統的深根厚土。

2.晚明小品的觀念突破

現代散文的誕生，晚明小品的示範作用，可說扮演了催生的角色，因爲到了晚明小品，散文觀念才有較大的改變。過去「原道」、「宗經」、「徵聖」的思想樊籬漸被突破，李卓吾及公安派諸人強調「獨抒性靈，不拘格套」，要求作品中要有作者的眞實情感、思想、個性，重視個人色彩的發揮，這種訴求與現代散文已無二致。加上有清一代的袁枚、沈復、李漁等人的小品和筆記，對現代散文的體製形成奠定了基礎。如袁宏道〈雨後遊六橋記〉，不故作修飾，也不變異句法，隨筆寫來卻有一種自然風流的奇趣，正如其自言：「文章新奇，無定格式，一一從自己胸中流出，此眞新奇也。」

對此，周作人就曾下結論道：「現在的文學——現在只就散文說——與明代的有些相像，正是不足怪的」，「中國新散文的源流，我看是公安派與英國的小品文兩者所合成。」晚明小品所表現出的革新氣象，能無視古文的正流，以抒情的態度作文章，標榜眞實個性的重要，在他看來，這些都「和胡適之先生的主張差不多」。楊牧在〈散文的創作與欣賞〉中更具體地解釋說：「明清時代的小品文，就是把新感性、新體裁、新字彙和新語調不斷的磨練，替中國散文構成一種更純粹的面貌，變成眞正獨立的文學藝術。」重視自我、文字運用更口語化的晚明小品，對相對於壓抑自我的傳統散文而言，確實具有革命性的意義，其對現代散文的誕生，也具有突破性的催生作用。

3.白話小說的語言示範

現代散文中的「現代」，除了有時間界定的意義外，其與古代散文的最大差異是在書寫工具的不同：一用文言，一以白話。白話文學雖然也是由來已久，但眞正奠定現代散文白話面貌基礎的是白話小說。宋元話本和明清的章回小說對現代散文的語言運用有著直接的影響。楊牧就認爲「傳統的白話小說使中國文字的流動性、朗暢性得到最大的發揮」，因此，「20世紀初葉的散文家對於白話文的信心，毋寧悉數來自施耐庵和曹雪芹之輩的輝煌成就。」鄭明娳也指出：「自宋元以來的話本及明清的章回小說，在文學語言上提供了最直接的樣式。」我們只要讀一下《儒林外史》中的王冕畫荷、《老殘遊記》中的大明湖、王小玉說書，或是沈復《浮生六記》中經常可見的敘事、抒情的散文片段，甚至蒲松齡的《聊齋志異》可以說是以優美散文筆法寫成的小說，例如〈地震〉等篇，其實就是傑出的散文作品。至於紅樓夢、水滸傳、西遊記等小說在白話語言上的純熟運用，更使現代散文的誕生有了書寫工具上的學習典範。

4.域外散文的風格啟發

追溯中國現代散文的身世源流，歷來論者大都同意它是來自兩大不同的血緣：一是中國古典傳統散文，另一則是域外散文。前述周作人所言現代散文是由公安派與英國小品兩者合成，即是具代表性的一種說法。楊牧因此特別推崇周作人，他說：

> 那時代（按：指五四前後）使中國散文變得這麼重要，是經過很多大師的努力。周作人尤其值得一提。周作人不斷地看古典，也看閒書、雜書，他小說也看，希臘東西也看，日本文學，英國文學，甚至翻譯小說也都看，

> 無所不看，把所有文章的體裁和風格結合在一起，創出他很獨特的小品隨筆面貌。到現在我們還可以體會到很多報刊雜誌上陸續發表的新創作也都受了他的影響。

在周作人身上，我們看到了一個現代散文誕生初期的創作典型，其中不能忽略的是來自日本、英國等域外散文的啟發。朱自清《背影》序中甚至認爲周作人「所受的外國的影響比中國的多」。

承認域外文學是中國現代散文源流之一，持此說法者極多。如林非《中國現代散文史稿》云：「五四以來的散文創作，從思想內容到藝術形式都完全是一種嶄新的作品，然而它又是合乎邏輯地繼承了中國古典文學的優秀傳統，並且創造性地借鑑了外國文學的有益的經驗。」李素伯《小品文研究》中也認爲：「（小品文）其內容、精神，實有待於外來文學的充實。」陳敬之在《中國文學的由舊到新》中更指出，西洋的抒情散文，對中國散文作家影響最深遠最普遍。

以公認受到英國隨筆影響較深的散文作家梁遇春來說，從他身上即可看出英國隨筆自我表現精神對現代散文的深刻影響。梁氏在英國隨筆中，最喜愛蘭姆及其《伊里亞隨筆》，並受其影響極深，他的名篇〈談流浪漢〉、〈觀火〉、〈吻火〉中所表現出來的享受人生的生活熱情，就和蘭姆的人生態度類似。此外，他所喜愛的英國隨筆家還有高爾斯密、司蒂文森、艾狄生、吉辛、貝洛克等多位。這些作家的個性、文風並不相同，各放異彩，使梁遇春認識到散文隨筆最注重也最便於表現自我個性。他的《春醪集》、《淚與笑》等書，即融匯了許多這些名家的精神影響，又不失其個人色彩。

日本隨筆對中國現代散文也產生極大的影響。汪文頂在〈日本散文及其對中國現代散文的影響〉一文中有如下的說明：

> 在當時眾多的外國散文譯品中，數魯迅翻譯的《出了象牙之塔》影響最為重大、深遠。廚川白村關於essay的論述，經魯迅之手，成為散文作家和評論家的理論指南，對二、三十年代散文尤其是雜感小品的繁榮起了推波助瀾的作用。

汪氏進一步指出，受日本影響較深的散文家有周作人、徐祖正、羅黑芷、豐子愷、繆崇群等。以周作人爲例，因爲他對日本的生活和文化有深切的體認，所寫的一些以日本爲題材的散文如〈日本的人情美〉、〈留學的回憶〉、〈東京的書店〉、〈懷東京〉等，都深得日本人的生活眞味。他自己也曾對所受的外來影響分析道：「大概從西洋來的屬於知的方面，從日本來的屬於情的方面爲多。」由此可知，在現代散文誕生初期，日本散文的影響也是其中重要的源頭之一。

從以上的說明，我們了解到，現代散文與古代散文──特別是晚明小品之間有著一脈相承的血緣關係，而在其誕生、茁壯的過程中，來自西洋、日本等域外散文的啟發，也同樣產生一定的催化作用。現代散文的出現不是「前無古人」，也不能「一刀兩斷」，它有著豐沛的源頭活水，也廣泛地吸納來自不同地域的支流新潮，百年的歷史發展下來，中國現代散文已清楚、壯大地爲自己在現代文學的版圖中，站穩了一席重要的地位。

二、現代散文的定義

要爲現代散文下一個定義，不是一件容易的事。郁達夫就說過：「要想以一語來道破（散文）內容，或以一個名字來說盡特點，卻是萬萬辦不到的事情。」這主要是因爲中國傳統散文的涵義太廣，因此，對於新文學運動之後，以白話文寫成的散文，並無統一的名稱。隨後因爲諸多作家的撰文討論，在形式、內涵上才逐漸有了清晰的輪廓。

周作人於1921年6月8日在《晨報》副刊上發表的〈美文〉一文，是初期重要的一篇文獻。他提到：「外國文學裡有一種所謂論文，其中大約可以分作兩類。一批評的，是學術性的。二記述的，是藝術性的，又稱作美文，這裡邊又可以分出敘事與抒情，但也很多兩者夾雜的。……中國古文裡的序、記與說等，也可以說是美文的一類。」他這裡所指的「散文」主要是以「論文」爲主，而且他還認爲「若論性質則美文也是小說，小說也就是詩」，換言之，他對「散文」的思考主要是受到西方以議論爲主的傳統所影響，而且尚無明確的分類觀念。

1923年，王統照在《晨報》副刊上的一篇〈純散文〉則提出「純散文」（pure prose）一詞，且已與小說、詩分開並列。1926年，胡夢華在《小說月報》17卷3號中發表〈絮語散文〉，介紹了法國孟田（即蒙田michel de montaigne）、英國培根（bacon）等一批寫絮語散文的作家，且以此名來指稱「散文」，並將之與小說、戲劇、詩歌並列。然而，這些名詞在當時都不如「小品文」來得風行與被接受。

早在1922年3月，胡適就曾在〈五十年來中國之文學〉中提到：「這幾年來，散文方面最可注意的發展，乃是周啟明（作人）等提倡的『小品散文』。」後來朱自清在1928年7月31日發表於《文學周報》345期的〈論現代中國的小品散文〉，則以「小品散文」或「小品文」稱之。此後，以「小品文」來指稱現代散文者日漸增多。如鍾敬文隨後在《文學周報》349期有〈試談小品文〉發表；北新書局於1930年4月出版了《小品文選》；1932年李素伯也出版《小品文研究》專書。到了林語堂創辦《論語》、《人間世》、《宇宙風》等刊物提倡小品文時，「小品文」幾乎已成爲「散文」之代稱。

李素伯在〈什麼是小品文〉中，對這一名詞有如下的分析：

> 在西歐，原有一種essay的文學，是起源於法蘭西而繁榮於英國的一種專於表現自己的美的散文。essay這一個字的語源是法語的essayer，即所謂「試筆」之意。——見《出了象牙之塔》——有人譯作「隨筆」。英語中的familiar essay譯作絮語散文。但就性質、內容和寫作的態度上，似乎以小品文三字為最能體現這一類體裁的文字。

小品文一詞之盛行，理由或即在此。至於其定義，李素伯簡要地解釋說：「把我們日常生活的情形，思想的變遷，情緒的起伏，以及所見所聞的斷片，隨時的抓取，隨意的安排，而用詩似的美的散文，不規則的眞實簡明地寫下來的，便是好的小品文。」林語堂在《人間世》第1期的發刊詞中則有較精要的定義：

> 蓋小品文，可以發揮議論，可以暢洩衷情，可以摹繪人情，可以形容世故，可以劄記瑣屑，可以談天説地，本無範圍，特以自我為中心，以閒適為格調，與各體別，西方文學所謂個人筆調是也。

然而，這種來自西方對小品的定義，仍引起不少爭議，似乎在西方可以將哲理性的論說文也納入「散文」範疇，到了「小品文」則義界反嫌狹隘。郁達夫在《中國新文學大系・散文二集》導言中就指責說：「有時候含糊一點的人，更把小品散文或散文小品的四個字連接在一氣，以祈這一個名字的顛撲不破，左右逢源；有幾個喜歡分析，自立門戶的人，就把長一點的文字稱作了散文，而把短一點的叫作了小品。其實這一種說法，這一種翻譯名義的苦心，都是白費的心思。」他最後下結論道：「我們的散文，只能約略的說，是prose的譯名，和essays有些相像，係除小說、戲劇之外的一種文體。」事實上，百年來的文學發展，小品文的範圍早已擴大，篇幅也少限制，因此，以「小品文」來概括「散文」的說法早已有待商榷。

時至今日，「現代散文」依然是一個多層次的綜合概念。在多數情況下，我們使用現代散文這一概念時，是泛指包括雜文、記敘、抒情散文，和報導（新聞）文學等各種樣式的文學散文的，這時可以稱之爲廣義的散文；有時則將雜文和報導文學排除在外，專指記敘、抒情散文的，這時可稱之爲狹義的散文，或純文學散文（亦即早期狹義的「小品文」）。自五四以來，我們可以說「散文」這個概念始終未獲得統一的規範和界定。

不過，作爲一種文學形式，我們早已公認其與詩、小說、戲劇並列爲文學四大類型的地位。自五四以來，以白話文寫作的文學散文，其成績也早已獲得肯定。散文的取材廣泛，體式豐富，表達方式多元，它可以抒情，可以描寫，可以議論，可以記述，或兼而有之。因此，在大多數情況下，我們都是使用廣義的文學散文這一概念，這對現代散文朝更寬廣道路前進的發展較有助益，也較能符合今日對散文寫作多元實驗的現實。

第二節　現代散文的獨特魅力

在現代文學的四大文類中，詩歌以其分行、押韻爲特色，小說則有人物塑造、結構次序的嚴謹要求，戲劇更以其具備舞臺、對話而獨樹一格，唯有散文，似乎在結構等格律上較爲「鬆散」，而令人產生散文之「散」爲「散漫」的誤解，再加上散文在文學發展史上扮演著「文類之母」的角色，使得散文似乎缺乏獨立、清楚的面目。關於這一點，鄭明娳在《現代散文類型論・總論》中說明道：

> 在文學的發展史上，散文是一種極為特殊的文類，居於「文類之母」的地位，原始的詩歌、戲劇、小說，無不是以散行文字敘寫下來的。後來各種文體個別的結構和形式要求逐漸生長成熟且逐漸定型，便脫離散文的範疇，而獨立成一種文類，現代散文亦復如此，所以，我們可以說，現代散文經常處身於一種殘留的文類。也就是，把小說、詩、戲劇等各種已具備完整要件的文類剔除之後，剩餘下來的文學作品的總稱，便是散文。

如此看來，散文倒眞有點處於尷尬的地位。但其實不然。當其他文類因其嚴謹的格律而形成發展的束縛時，散文卻因其形式的自由而保持著非常大的伸縮空間，我們看到詩化、小說化的散文，看到學術論文式的散文，也看到新聞與散文結合的「報導文學」正日漸發展，各種政治、歷史、地理、人文的知識領域，在散文的天地裡自由進出，得到最充分的發揮，散文的內容、題材、作者的人文關懷、人格特質，都得到最大自由度的彰顯。透過無數散文作家的努力嘗試，散文理論學者的逐漸投入研究，散文早已從「殘留的文類」成爲具有獨立身分的文類，它也有其文學藝術上的獨特魅力，使得百年來的散文界，人才備出，佳作如林。

散文作爲一種文學藝術，其獨特的魅力至少有以下四種值得介紹。

一、作者個性的真實流露

散文所要表現的，主要是作者的眞實情感，不論寫景、敘事，其目的還是在於抒寫自己的主觀感受，即使是議論道理，也是個人情意的客觀化、條理化、規範化。至於紀實報導的文字，看起來作者只是一個旁觀的「筆述者」，但事實上仍有其感情的投入、浸潤。換言之，散文之可愛之處，就在於文中處處有我。我們閱讀一篇散文，就如同閱讀一個高貴的心靈，這就是散文的魅力所在。

梁實秋〈論散文〉中即強調「人格即文調」的特性，他說：

> 散文是沒有一定的格式的，是最自由的，同時也是最不容易處置，因為一個人的人格思想，在散文裡絕無隱飾的可能，提起筆來便把作者的整個的性格纖毫畢現的表示出來……有一個人便有一種散文，喀賴爾（calyle）翻譯來辛的作品的時候說：「每人有他自己的文調，就如同他自己的鼻子一般。」伯風（buffon）說：「文調就是那個人」（按：或譯為「風格即人格」）。

一如晚明小品以「獨抒性靈」爲其特色，現代散文也令讀者有「文如其人」的合理聯想，其原因就在於作家的生活體驗與人格個性，透過散文往往有直接、眞實的表白。文章所呈現的「風格」，決定於作家本身的識見、體悟與文采，可以說，散文是與作者最沒有距離的文類。廚川白村對這一點有一針見血的說明：

> 在essay比什麼都要緊的條件，就是作者將自己的個人底人格的色彩，濃厚地表現出來……乃是將作者的自我極端地擴大了誇張了而寫出來的東西，其興味全在於人格的調子（per-sonal note）……倘沒有作者這人的精神浮動者就無聊。

散文寫作時的一個重要條件是眞實的情感，情感愈眞摯、優美、崇高，文章的感召力就愈強。我們時常被作品中所呈現的情意所感動，事實上是被作者的人格力量所感染。葛琴在〈略談散文〉中即指出散文在這方面的特質：「在一篇散文中間，是比在一篇小說或速寫、報告中間，更容易顯出作者的性格、思想和人生觀的。一個沒有眞實情感的人，即使文字如何美麗，也決難寫出一篇動人的散文，這中間是很難有矯飾和揑造的餘地。」因此，能從散文作品中清楚、直接、較無保留地閱讀到作者的心靈世界、感受體悟，是我們在閱讀散文時最大的樂趣，也是散文所具備的強大魅力之一。

二、題材內容的自由廣闊

如果散文的定義只侷限在「小品文」，一般人對小品文的認知是其體制短小，字數也不宜太長，如夏丏尊即認爲「從外形的長短上說，二、三百字乃至千字以內的短文稱爲小品文。」林語堂在《人間世》半月刊第4期〈說小品文半月刊〉上也說：「（小品文）言其小，避大也。」這種看法其實是對散文體裁的自我設限，使其難做更大的發揮，因此如郁達夫等人就不贊成「小」是指篇幅短小的看法，認爲這是「白費心思」的作法。

即使林語堂認爲「小品文」不宜篇幅過大，但他也強調其內容題材是「可以談天說地，本無範圍」，在〈論小品文筆調〉一文中，他補充說：「（今）小品文的範圍，卻已放大許多，用途體裁，亦已隨之而變，非復拾前人筆記形式，便可自足。蓋誠所謂『宇宙之大，蒼蠅之微』，無一不可入我範圍矣。」因此，不論是家國大事、歷史演變，或是個人經歷、詠物抒情，凡耳目所歷，心思馳騁神遊之處，無一不是散文題材，亦無一不是作家可抒可論之對象。時至今日，散文的天地早已無限寬廣，長篇的傳記、遊記、報導、日記均已是散文家族中的一員，散文不再是「小品文」那樣「小」，反而因其本身沒有固定的藝術形式，在題材的選擇、表達的方式上可以任意發揮，而開拓出更多元、更廣大的領域。

葛琴〈略談散文〉中對此也有精闢的見解：

> 散文的題材並不需要像小說或敘事詩那樣完整，生活中間的一點一滴，凡是引起我們一種較深的印象或激發起悲哀、憤怒、欣悅、贊美的感情底東西，都可以是散文的題材，自然，歷史的巨大事件，有時也可以作為散文題材……。

這正與李廣田在〈論身邊瑣事與血雨腥風〉一文中的看法相同，從日常生活的平凡瑣事，到攸關生死存亡的國家大計，都可以入散文的範疇，也都可以得到適切的發揮。因此，散文不像小說、詩歌或戲劇，它不一定是文學家的專利，在英美的著名散文家中，絕大多數是學有專精的人，或是哲學家、自然學家、歷史學者、教育家，或是政治家、經濟學家，他們透過散文表達了自己的獨到看法，也是在散文的天地裡，他們找到可以發揮的著力點，這是因爲散文對體裁、題材、表現方法並無嚴格限制的緣故，而這正是現代散文吸引大多數作者投入創作、多方實驗，以及擁有廣大讀者群的魅力所在。

三、語言運用的藝術講究

雖然散文看似隨手拈來、娓娓道來如說話一般，這固然是其特色，但並不表示它在語言藝術、表達技巧上有所忽略，或者不重視，事實恰恰相反，簡練、自然、流暢是散文語言追求的藝術境界，不論是抒情、敘事、說理、描景，都必須奉此爲圭臬，而不是散漫無節制，或平淡如開水。好的散文語言，要使人讀後如啜香茗，如飲醇酒，滿口餘香，回味無窮，而這是必須鍛練、講求才能有以致之。

好的散文具備有文學上的美感，而這種美感來自二方面：一是思想情趣，一是語言文字，這兩者互爲表裡，相輔相成。一篇優美的散文，除了要有作者的深思妙想之外，還必須有嫻熟的文字語言駕馭技巧才行。散文的語言運用，看似自然樸實，不假雕飾，但是，這絕非作者詞窮或無能鋪陳，而是能夠讓人在仔細品讀後，發現其可貴的質地，從每一個詞語的選用、句式的安排、段落的配置，都有作者用心的經營，使其渾然天成，不落雕琢的痕跡，這種「豪華落盡見眞淳」的境界，如嚼橄欖似的餘味無窮，是散文的獨特魅力所在，也是散文作家自我期許的藝術境地。

散文名家朱自清在〈理想的白話文〉中即認爲：「理想的白話文，只要把握住一個標準，就是『上口不上口』。」他所謂的「上口」是要把口頭的說話練得比平常說話精粹，去掉渣滓，也就是經過洗練後的口語，這是散文發展初期的基本要求。隨後不斷有所補充、修正或加強，但大致上並無太大改變：要求語言的樸質、簡明、洗練、自然，不做作矯揉，不爲文造情，不賣弄學問，不雕琢虛飾，始終是散文語言的追求理想。

葛琴曾對此表示其意見，認爲散文寫作的重要條件之一是「樸素，有什麼就說什麼，不需要雕刻堆砌和虛構，這樣才能顯示出原來的眞實情感。有許多美麗的散文，大抵是描寫身邊瑣事，平平寫來，卻極動人，這就是由於它的樸素無華，行文如流水，任其所至，不加壅阻，文章便顯得自然、眞實。所謂散文美，也就是指這種樸質和眞摰。」李廣田〈談散文〉也說：「散文的語言，以清楚、明暢、自然有致爲其本來面目。」鄭明娳《現代散文類型論・總論》中則指出：「散文語言最難達到的境界，乃是以最家常的文字傳達最標緻的意想。」散文名家楊牧雖然主張散文語言可以適度吸收西洋語法及文言句法，也可引經據典，但「大抵以不悖離白話，以自然有致爲主」（鄭明娳語）。他說：

> ……不讀文言的範文絕對寫不好白話文，這是我最強烈的偏見之一。外國語法的觀摩揣測也是需要的……把西方文字語法消化之後拿來使用也是一種技巧，甚至日文的風味也可以轉化為我們的藝術特徵。至於方言，我認為適量的使用也是可以鼓勵的……在文字方面，我主張最大的寬容，但無論如何還是以白話文為基礎。（《文學的源流・散文的創作與欣賞》）

這種主張，仍是今天大多數散文作者奉爲圭臬的語言準則。不過，也有一些散文作家在語言文字上進行較大弧度的變造實驗，企圖爲散文語言開創新局面，這種用心及其成果呈現，都令人有耳目一新之感，如余光中在《逍遙遊》後記中就說：「我嘗試把中國的文字壓縮、搥扁、拉長、磨利，把它拆開又拼攏，折來且疊去……。」又如散文風格多變、文字技巧迭見巧思的簡媜，評論家蕭蕭在評其〈鹿回頭〉一文時，即對其「精摯的文字」，以兩層不相類的文字互相感應的成功實驗大加讚賞，甚至稱譽她為「臺灣散文界的孫逸仙，不折不扣的革命者」（七十九年散文選，九歌出版社）。

不管是如梁實秋在〈論散文〉中所言，認為散文語言「最高的理想也不過是『簡單』二字而已」，還是如余光中、簡媜等人在文字上的推陳出新、大膽實驗，都說明了散文語言在藝術層次上的講求，既要自然親切，又要耐人品讀，這非出之以火候深厚、功力遒勁之文筆不可。而上乘的散文作品能為人一讀再讀，咀嚼不盡，其成功的文字表現必然是其散發的魅力之一。

四、秩序井然的流動結構

任何的文學作品都必須要有結構，不同的體裁有不同的結構方式，它是文學作品中各個組成部分的排列和組合的方式。在詩歌、小說、散文三種文類中，對結構的訴求各有所重，形成各自不同的特色。李廣田〈談散文〉一文中，即以具體的描寫來分析這三者的差異：

> 詩必須圓，小說必須嚴，而散文則比較散。若用比喻來說，那就是：詩必須像一顆珍珠那麼圓滿，那麼完整。……小說就像一座建築，無論大小，它必須結構嚴密，配合緊湊……至於散文，我以為它很像一條河流，它順了壑谷，避了丘陵，凡可以流處它都流到，而流來流去卻還是歸入大海，就像一個人隨意散步一樣，散步完了，於是回到家裡去。這就是散文和詩與小說在體制

上的不同之點，也就足以見出散文之為「散」的特色來了。

以河流的形象來象徵散文，就其結構而言是恰當的。正因爲散文在結構上具有極大的變通性，因此鄭明娳以「流動的結構」來概括這種散文結構上的特色。

散文結構上的流動性，來自於這個文體本身的特性，而作者在創作過程中不斷變化的情感流向則是形成此一特性的主因。大陸學者曾紹義在《散文論壇》（四川大學出版社，1989年）中即指出，散文作者的情感「總是在不斷變化，總是按一定的流向呈動態常勢的」，所以「散文的結構不像小說那樣是以人物的活動爲主線構成情節結構，也不像詩那樣以專職的抒情構成完整的情感結構，而是以情感的流向爲中心軸線，去縱橫交錯地『黏結』一切使情感得以產生和表現的自然之物。」這不僅是指以抒情爲主的散文，就是以敘事寫人、議論說理爲主的散文也是如此。

「流動」不代表散漫無章法，相反的，創作者的剪裁、布局、才情更需加以成功的駕御，才不至於「跑野馬」般易放難收，不知去向。鄭明娳深知散文的這項特點，因此她說：「其成功之作，固是舒放自如，自然有致，但失敗之作，則是東拉西扯，漫無旨歸。是故，如何在散文無機的結構化中建立各篇文章獨自的有機體，是相當重要的課題。」前引李廣田之文的結論也持相同的看法，他說：

散文既然是「文」，它也不能散到漫天遍地的樣子，就是一條河，它也還有兩岸，還有源頭和匯歸之處，文章當然也是如此……好的散文，它的本質是散的，但也須

> 具有詩的圓滿，完整如珍珠，也具有小說的嚴密，緊湊如建築。

在隨意中有法度，在自由中不失章法，看上去好像是無機似的漫談，其實全篇自有其勻稱、平衡的整體之美，是成功散文所獨具的魅力。它可以讓人在閱讀時隨著作者的情意流動，如散步一般，但最後卻能興味盎然，深有所得。以徐志摩的名作〈我所知道的康橋〉爲例，雖然徐志摩自稱是一頭「無羈的野馬」，追慕那「天馬行空」的意態，而且全篇看來行文結構十分自由，就如朱自清所說是「想到什麼就寫什麼，怎樣想到就怎樣寫」，但是，朱自清很清楚地知道，這完全是「工夫到了純熟的地步，控制的痕跡不能在字裡行間顯明地看出，線索也若有若無，這就教人看來好像是完全自由的了。」這種不落痕跡的上乘功力，使這篇散文讀來引人入勝，得到性靈上充分的享受。

楊牧在〈記憶的圖騰群〉（收入《文學的源流》，洪範書店，1984年）中的一段話，可以爲散文結構的重要性及其特性做一總結，他說：

> 散文必須是一件精緻的結構……既然是結構，則組合配置，意象音色，甚至懸宕伏筆等等詩與小說所優於行的特性，也都是散文所不能忽略的……最成功的散文必須在結構組合上顛撲不破……散文的最高層次是，在貌似率爾潦草的組織中，堅持當下成立的一貫格式，不作隨意狂妄的逸出，可是也不侷促……因為語言和結構的完成，實在已經距離藝術的完成不遠，二者提高，支持一個合於人性的主題，則散文之為藝術就大致完成了。

易言之，現代散文須具備主題、語法及結構上的一貫性，這可說是散文的「三一律」。尤其在結構上，如何使其動靜交錯，疏密相間，看上去渾然一氣，卻又別有曲折，各部分保有其獨立性，但又不妨礙其整體美，這是對每一位散文創作者的嚴厲挑戰，也是散文之所以值得一讀再讀、咀嚼再三的魅力所在。

不論是創作散文，還是欣賞散文，只要我們能掌握以上所述的四個重點：眞實的個性，廣闊的題材，藝術的語言以及流動的結構，就可以一窺現代散文的堂奧，及其獨特的丰姿。以現代散文的類型來說，不管它是以抒情敘事爲主，還是說理議論，或是與新聞結合的報導文學，都不能離開上述四項要求，否則散文之美將大大遜色，甚至不成其爲一篇散文了。在以下針對現代散文的主要類型的介紹中，我們將可看到這四項特點是如何在一些傳誦不已的散文名篇中被突顯、運用，而散發出屬於現代散文不可逼視的耀眼光芒、無窮魅力！

第二章

現代散文的主要類型

第一節 抒情性散文

壹、現代散文的分類

由於散文此一文類在形式、內涵上的自由廣闊，因此，要對它進行細部的分類是吃力不討好的事。例如王統照寫於1924年的〈散文的分類〉一文，將散文分成五類：歷史的、描寫的、演說的、教訓的、時代的，這種分類漏洞甚多，如歷史類中不能沒有描寫，演說類中也常有教訓，分類顯然粗略；林慧文寫於1940年的〈現代散文的道路〉則把散文分成小品、雜感、隨筆、通訊四種，也是過於簡陋，說理性散文被排除在外；郁達夫在《中國新文學大系・散文二集》的導言中提到：「近世論文章的內容者，就又把散文分成了描寫、敘事、說明、論理的四大部類，還有人想以寫實、抒情、說理的三項來包括的……」說明了散文分類的莫衷一是。此外，吳調公在《文學分類的基本知識》第5章第2節中則將散文概分為兩類：一是側重說理和抒情的散文，一是側重敘事的散文；而曾昭旭發表於《文訊》月刊14期的〈談散文的分類及雜文〉中將散文分成抒情散文、敘事散文、論理散文。這些都是只依散文的功能而分，無法涵蓋散文在形式上的諸多型態。

至於楊牧《文學的源流・中國近代散文》則注意到形式的考量，而分成小品、記述、寓言、抒情、議論、說理、雜文等七類，但各個類型的界線頗為模糊，如記述、抒情、議論、說理偏向功能，小品、寓言、雜文又偏向形式，相互混雜而不夠嚴謹。正因為其複雜難以定論，因此郁達夫覺得既然「困難百出」，在論散文的內容時，不如「避掉這分類細敘的辦法」。當然，避而不談不代表問題的解決，為了研究、整理、討論之便，予以嚴謹的分類是現代散文發展至今必須面對的課題。在許多相關討論中，鄭明娳的《現代散文類型論》堪稱是體例最完備、探討也較深入的專著，其對散文類型的分析對現代散文的研究與欣賞都甚有參考價值。

鄭明娳將散文區分爲兩大體系：第一類是依內容功能的特質而形成的類型，分成情趣小品、哲理小品、雜文三類，這是現代散文的主要類型；第二類是因其特殊結構而形成的個別類型，包括日記、書信、序跋、遊記、報導、傳記等。這些較前人更精細的分類，大體上已對各類型之間的獨特性，與相互之間的歧義性做了深入的分析。

本章不擬對散文的分類做全面性的探討，只想針對散文中的主要類型加以說明，因爲這些主要類型是散文中作品數量最豐富，也是讀者群最多的。爲了說明之便，在此採取的是曾昭旭的分類方式，即以抒情散文、敘事散文、論理散文爲主，但敘事散文一類，則改爲描敘性散文，以涵蓋描寫與敘述二部分。在諸多以功能取向的分類中，這種分類較簡單而明確，也大致能涵蓋現代散文作品的主要面貌。鄭明娳所舉之雜文一項，毫無疑問的確實是現代散文的一大主流，也有優秀而豐富的傳統與成就，但其內涵仍不脫抒情、敘事與說理，因此在說明這三大類型時，也會將雜文涵蓋在內。

至於新聞性散文（即報導文學）一節，雖然鄭明娳將它列入特殊結構中，與書信、序跋等並列，但若著眼於近年來其在海峽兩岸的蓬勃發展，文學獎項中對「報導文學」的重視，這一類型的散文風貌已愈來愈豐饒多姿，也有愈來愈多的創作者投入寫作的行列。前述林慧文將散文分成小品、雜感、隨筆、通訊四類，其中的通訊一類即是報導文學。朱自清在〈什麼是散文〉一文中，也特別指出，報告文學是「散文的一個新路」，足見其淵源亦久，其結合文學與新聞的型態，是散文發展過程中的一個新嘗試，也是新的成就，因此特以專節介紹，一方面讓讀者了解所謂的「個別類型」，一方面也突顯其在現代散文族群中後來居上的發展現實。

以下即依抒情性散文、描敘性散文、論理性散文、新聞性散文之序分別加以介紹。

貳、抒情性散文

一、抒情性散文的名義

所謂「抒情性散文」，簡言之就是以抒發作者的主觀情感爲主的散文。在形式上，它可以是敘事、描寫、議論，但在實質上，它的重心是在作者個人的感想、情緒，它所訴求的往往是「情」的渲染、傳遞，所謂「眞情流露」是抒情性散文的基本要求。曾昭旭對此曾有詮釋，他說：

> 抒情散文以抒發主觀情懷為主……所謂抒情，並不限於直抒其情的方式，此外還可以藉敘事以抒情（包括述事、寫景、詠物），藉論理以抒情（包括說理、論事）。要之，其形貌雖然是在述事寫景詠物，或者也似是在講一些道理，批評一些事物，但實際上其本質、其真正用意還是在發抒一己當時的感情，則本質上還是應當列為抒情散文的。

由於每個人都有自然情感，情動而發爲文，似乎人人都會，因此這類作品經常是創作者最先嘗試的文學場域，其數量在現代散文中首屈一指，作者最多，也擁有最多的讀者。然而，「易寫而難工」也是它的特性之一。直接抒情，經常會給人無端說愁、露骨空洞之感，一般抒情文的毛病大都是因流於「濫情」，因此，如何掌握其分寸，化抽象爲具體，寓情意於事物，是寫作這類散文最大的挑戰。

二、抒情性散文的特色

㈠旨在+寫情

一切的文學藝術都離不開一個「情」字，其中又以抒情散文中的「情」最眞，最癡，最自然，因爲抒情散文要表現的主體是作者的感受，而一篇好的散文之所以會有令人「忘情忘我」的魅力，其關鍵全在一個「情」字。袁枚的〈祭妹文〉讓我們看到了一個兄長最沉痛的呼喚與不捨，親情的眞摯感人，讓讀者也不禁淚濕衣襟；朱自清的〈背影〉，在樸實的文字中，讓我們感受到父愛的無私，而很容易與作者一樣「眼淚又來了」。不論是慷慨激昂，還是低迴不已，其動人的力量都因「情」的作用而無二致。

當作者直抒胸臆、娓娓訴情時，我們深受感動，那是因爲我們與作者產生了相似的情緒波動，透過文字，作者的情震撼了我們，我們也因此照見了自己生命中眞實的一部分，因此，一篇成功的抒情散文，可以直接、強烈地引起讀者的感情波動。正因爲抒情散文是以情致勝，因此最忌諱虛情假意，或是爲文造情，唯有純眞自然的情，才是抒情散文追求的境界。蘇雪林在〈我的寫作經驗〉一文中說：「我想作家之寫作都係受一種內在衝動催逼的緣故，好像玫瑰到了春天就要吐出它的芬芳，夜鶯唱啞了嗓子還是要唱；又好像志士之愛國，情人之求戀，宗教家之祈神，他們同是被一股神聖的火燃燒著，自己也欲罷不能的。」正是這種不吐不快、眞心誠意的感情衝動，使抒情散文有了打動人心的無形力量。

㈡貴在有我

一篇情意飽滿的抒情散文，會使讀者感同身受，與之同喜同悲，而這類散文因多半取材自作者的生活經驗，也易使散文「文如其人」的特質顯露無遺。我們從一篇眞摯的抒情散文中，可以洞見作者是怎樣的人，因爲，「他的人格的動靜描畫在這裡面，他的人格的聲音歌奏在這裡面，他的人格的色彩渲染在這裡面，並且還是深刻的描畫著，銳利的歌奏著，濃厚的渲染著」（胡夢華〈絮語散文〉，《小說月報》第17卷第3號，1926年3月）。

抒情散文既然在實質上是要寫我之情，表我之意，言我之志，則字裡行間自然就會有「我」在。抒情散文的可貴，是「我」的思想、情感隨著文字處處顯現，讀者可以很清楚地感受到作者的人格、個性、習慣，因此，抒情散文是現代散文中最「個人化」的。我們讀徐志摩的〈自剖〉、〈想飛〉等作品，就可以從他「濃得化不開」的文字中，看到他坦率、天眞、容易被美感動、充滿浪漫氣息的個性；三毛的遊記散文甚受讀者喜愛，因爲裡面有「三毛」在，不管是〈橄欖樹〉一文中對鄉愁的歌詠，還是〈夢裡花落知多少〉中如何深情地追念被死神奪走的丈夫，其個人的形象始終鮮明地如在我們眼前，我們看到了她的眞情，她的哀愁。這些抒情作品的感人因子之一，是他們不造作，不掩飾，呈現出了最眞實的自我。

三、抒情散文的表達方式

抒情性散文的表達方式，最普遍運用的是直接抒情與間接抒情兩種。

㈠直接抒情

直接抒情是指毫無掩飾，直抒胸臆。當作者的主觀世界和客觀外物相互碰撞，引發出感情的火花時，採取直接將感受傾訴而出的寫作方式，就是直接抒情。這種抒情方式切忌全篇運用，否則將顯得露骨、濫情，而欠缺藝術回味的美感。它往往只適合穿插在一篇文章之中，傳達出較明確、強烈的感情，與其他間接、含蓄、曲折的描寫交互使用。換言之，如有必要，直接抒情只宜爲某些片斷，而儘量少用爲宜。當然，如運用得當，一樣能生動表現出作者澎湃的情感世界。

本名黃燕德的小說家林雙不，早期以「碧竹」爲筆名寫了大量以抒情爲主的散文，其中《雪峰半月》一書（前衛出版社，1986年）即以與未婚妻晴芳在阿里山上的雪峰住了半個月的經歷和感受爲題材，寫成這部充滿浪漫、眞情的溫馨散文集。集中〈過年〉一章，描寫在山上過年的孤獨與兩人相守的喜悅，文末作者寫道：

> ——是不是在想家？
> 我輕輕地搖搖頭：
> ——我不是第一次在外面過年。
> ——那麼，在想些什麼？
> ——妳。
> 我閉上眼睛向著心中的神明祈禱：
> 我的神，感謝您使我的年歲增長，請您同時賜給我愛情的增長，去愛我的晴芳；智慧的增長，去了解我的世界；關懷的增長，去關懷所有的人類。

將自己內心的感受全盤道出，直接了當。又如三毛椎心刺骨的名篇〈夢裡花落知多少〉，寫她與丈夫荷西結婚六年來的愛、癡、念，許多的生活小細節，在她的筆下全都成了感情一路走來的點滴見證。當最後荷西因潛水意外身亡時，三毛內心的哀慟可想而知，於是她以直接抒情的方式表達出她最強烈的呼喊：

> 我一次又一次的愛撫著你，就似每一次輕輕摸著你的頭髮一般的依戀和溫柔。
>
> 我在心裡對你説——荷西，我愛你，我愛你，我愛你——這一句讓你等了十三年的話，讓我用殘生的歲月悄悄的只講給你一個人聽吧！
>
> 我親吻著你的名字，一次，一次，又一次，雖然口中一直叫著：「荷西安息！荷西安息！」可是我的雙臂，不肯放下你。
>
> 我又對你説：「荷西，你乖乖的睡，我去一趟臺灣就回來陪你，不要悲傷，你只是睡了！」

三毛在寫作時，伏線千里，步步蓄勢，藉由事件不斷的推演而逐漸增加感情強度，一直到這一段的悲愴欲絕，採用直接抒情的技巧，讓讀者也隨之泫然欲泣，實具有很強的藝術感染力。

㈡間接抒情

間接抒情是通過（借助）敘述（事）、描寫（景）、議論（理）來抒情，把自己的感情融合、寄託、隱藏在敘述、描寫和說理之中，委婉而曲折地表現，透過藝術化的手法，這種抒情方式反而更能打動人心，餘味無窮。張讓的散文〈當風吹過想像的平原〉（爾雅出版社，1991年）中有一段夢到龍捲風的描寫，就間接抒發了自己渴望自由，希冀變化，想讓生活脫離平凡，追求繽紛世界的心境：

> 我們就這樣飛了。一股強大的力把我們吸向空中，龍捲風是一個巨靈的吸管。在地上，移動是平面的。在空中

和水裡，移動不僅是平面，也是垂直的。我們往上升，帶著橡皮擦和鉛筆，帶著爸爸媽媽弟弟妹妹，和故事書。我們搭乘龍捲風，像搭乘電梯。好高的天，宇宙是好大好大的房子。在美國，堪薩斯州，龍捲風吹起了一棟農舍，那個小女孩桃樂絲因此出了名。多少個小女孩要做桃樂絲，要穿那雙紅皮鞋。夢到龍捲風，跟它一直飛上去，飛上去。

正如書名（篇名）所示，這一切都是想像下的產物，而想像的海闊天空，一如情感的四處流瀉。我們在作者奇特的想像中，看到一個年輕女孩情感豐富的心靈世界。想像是抽象的，但可以透過具體的形象表現出來，作者鑄情於形，龍捲風與想飛的夢想巧妙地結合在一起了。

間接抒情必須將感情依託在具體的事、物、景、理中，才不會流於空泛，如黃國彬的〈中大六年〉（收入《文學的沙田》，洪範書店，1985年）一文，描寫自己即將離開中文大學時的不捨深情，便是運用寓情於景的技法，他寫道：

還有一個月就要離開中大。最近幾天，下班後都從半山的中國文化研究所沿崇基的小徑步行到山下的火車站。途中在夾竹桃、梧桐、鳳凰木、烏桕、羊蹄甲、紫荊間沉思，在深樹中僻靜的小徑磐桓，在雨後的林中踏著溼草敗葉尋找六年前的足跡，閉目在藤蔓間回憶六年來的一切。到了崇基教職員餐廳附近，就呆呆的站在石橋上傾聽雨後深樹中奔湧的山泉，四處無人時出神地摩娑橋邊幾株參天的白楊，怔怔地仰望葉子在秋風裡晃動。啊，怎麼葉隙的陽光已不再灼人，就像立秋後涼風中的心事。

這裡所謂「陽光已不再灼人」，說明自己心境上的轉變，借景寄情，十分明顯。這一段中的一些用詞如「雨後」、「溼草敗葉」、「秋風」、「涼風」等，給人一種淒迷的冷意，而這完全是離情別緒投射下的心境呈現。

不論是直接抒情還是間接抒情，都不宜生硬直露。若將自己的感情直接告知讀者，而未能讓讀者反覆咀嚼，深入領略，則將顯得膚淺空泛，缺乏藝術上講究餘味的效果。

四、抒情性散文的類型

因爲人類心靈活動的千變萬化，在情感的抒發上也是林林總總，千姿百態，只要有眞情的貫注，任何題材都可以納入。不論是思親，憶舊，悼亡，傷懷，或是兒女之情，甚至對小動物、一草一木的關懷，都算是抒情散文。爲說明之便，可以概分成小我之情與大我之愛等兩大類。

㈠小我之情

小我之情主要是指所抒之情的對象較偏向於個人，或是個人內心世界的挖掘，或是周遭親朋知友之情、男女之愛，其敘述的主、客體均以人爲主，抒發人我之間複雜的情感變化。這類題材又可略分成親情、愛情、友情及個人心情獨白等。

1.永恆的親情

人倫親情是緣於天性的自然形成，在抒情散文中，這類題材的書寫不曾間斷過，也一直有感人、精緻的作品問世，是很多創作者最先著墨的題材。這類作品因觸及人性根本的親情，往往容易打動人心，如前舉朱自清之〈背影〉一文，以父親過月臺買橘子的肥胖身影，來象徵父親對子女出自眞心的付出，幾乎成了詮釋「父愛」的代表作。豐子愷的〈我的母親〉，則對母親坎坷、辛勞的一生有至情至性的描繪，讓人讀來潸然淚下。雖然它不如朱自清的〈背影〉風行廣遠，但其爲天下母親操勞家務、關愛子女且終生無怨無悔的偉大形象，還是做了不遑多讓的雕塑。這兩人筆下一父一母的精采勾描，都是現代散文史上不可多得的傑作。

豐子愷在這篇散文中，對母親劬苦的一生並不刻意著墨，而是頗具技巧地聚焦在母親的坐像上。從豐子愷小時候到他母親去世前數月，只要一空下來，他的母親總是坐在家裡的一張八仙椅子上，那張椅子幾乎成了母親的化身。但那其實是一個很不便利、也不安穩的位子，正對著灶裡吹出的油煙，且兩腳必須騰空，只因那是全家最居要衝之處，她可以兼顧廚房與染坊店的生意。簡單幾筆，就具體呈現出母親爲家計日日付出、卻又毫無怨悔的動人情操。那張椅子在家中的位置，一如母親在家人心中的重要性，象徵可謂獨特而微妙。文章的末尾，他寫道：

> 我30歲時，棄職歸家，讀書著述奉母。母親還是每天坐在西北角裡的八仙椅子上，眼睛裡發出嚴肅的光輝，口角上表出慈愛的笑容。只是她的頭髮已由灰白漸漸轉成銀白了。我33歲時，母親逝世。我家老屋西北角裡的八仙椅子上，從此不再有我母親坐著了。然而我每逢看見這只椅子的時候，腦際一定浮出母親的坐像——眼睛裡發出嚴肅的光輝，口角上表出慈愛的笑容。她是我的母親，同時又是我的父親。

不斷重複的相同形容詞，宛如起伏有致的主旋律，交織在一起，令人印象深刻。豐子愷雖然說母親的坐像是一張「沒有曬出的底片」，但他的文章確實比相機更深刻地爲母親造了永不褪色的畫像，這完全是他的敘述中充滿了眞摯的情感所致。

2.浪漫的愛情

愛情也是人與人之間親密的關係之一，僅次於親情。它的複雜性、浪漫性使這類的文章繽紛多姿，傳誦不絕，不論是淡淡的相思、激情的肉慾、分手的痛苦、相守的甜蜜，愛情永遠是抒情散文中最具魅力的話題。現代散文創作中，耐人咀嚼、刻畫入微的愛情散文甚多，成就斐然。

簡媜的散文集《水問》（洪範書店，1985年初版）中有一篇〈水經〉，對男女純潔之戀有極生動的描繪，如其中〈浣衣〉一節，藉爲男友洗衣，興起諸多如男女肌膚之親的聯想，其間思緒不斷起伏，不知應該和自己的衣服合著洗還是分開洗，愛的喜悅洋溢在字裡行間：

> ……衝上樓去，提著水桶、臉盆、洗衣粉便往水槽去。偌大的盥洗室沒個人影，這正好赦去我的羞與怯。但，這倒難了，我自己的衣服與他的衣服能一起浸泡著洗嗎？衣服雖是無言語的布，不分男女，可是，我怎麼心裡老擔掛著，彷佛它們歷歷有目，授受不親。合著洗嘛，倒像是肌膚之親了，平白冤了自己。分著洗，那又未免好笑，這種種無中生有的想像與衣衫布裙何干？我看盥洗鏡中的自己，一臉的紅，袖子捲得老高，挽起的

> 髮因用勁兒掉了鬚絲，遮了眼梢眉峰，羞還是羞的！合著洗或分著洗？……

不管最後分著洗還是合著洗，一個女孩心中如鹿亂撞的羞窘、竊喜，都已生動地表達出來。不是每一樁愛情都能如此甜蜜。李黎的〈夏日最後的玫瑰〉描寫的是分手的不捨與無奈。他們在街頭漫步，共渡廝守在一起的最後一個夏夜。明天，他就要離開她漂泊遠遊。明天一早，她會去買一朵「夏日最後的玫瑰」戴在髮上爲他送行，這是她一生中最初也是最後戴的一朵花，李黎的描寫宛如一首離別的歌：

> 明天，我要起得很早，到橋那頭的花圃裡去要一朵還沾著今夜露水的鮮紅的玫瑰。我要把頭髮梳得很亮，然後把玫瑰花夾在右鬢角，襯著頭髮最濃的地方，這樣會把面龐映得紅些，微笑就不會顯得太蒼白了。這件事是第一次做，也必然是最後一次了。以後還有什麼理由戴花呢……明天，會有許多人們，不戴花的人們，驚訝而譏嘲地看著我髮際的那朵最後的玫瑰。

全篇文字深情而略帶憂鬱，讀來令人心碎，淒豔悱惻之情使全文哀婉動人，一如英國那首古老的名歌「夏日最後的玫瑰」，在我們腦海中縈迴不去。愛情之美，抒情之眞，値得讀者在閱讀時細細琢磨。

3.誠摯的友情

「人生樂在相知心」（王安石語），在人生路上，人與人的相知相惜恐怕是最大的慰藉了。古往今來，有關友誼的佳話不勝枚舉，友情的內容也構成文學創作的重要主題。從《詩經》中的「嚶其鳴矣，求其友聲」到諸葛亮的「士爲知己者死」；從王勃的「海內存知己，天涯若比鄰」到曹雪芹的「萬兩黃金容易得，知心一個也難求」，都說明了友誼之難得、可貴。在現代散文中，也不乏以此爲題材的作品。

葉聖陶《未厭居習作》中的〈與佩弦〉一文，即是一篇刻畫如水之交的友誼的名作。由於他與朱自清相知已久，朱自清的品性和風采早已深印在葉氏心中，他才能在不長的篇幅裡，集中寫出朱自清的爲人和性情，而讀者也可以由此看到兩人在多年交往中形成的誠摯情誼。

朱自清與葉聖陶相識甚早，1921年秋天，兩人同在中國公學教書，後來又一起辦過《詩》月刊等雜誌，也在白馬湖、立達學園時期有密切的往來，秉燭夜談，相知甚深。只不過因工作關係，經常匆匆相聚，又很快天各一方。即使如此，兩人每次短暫相處時「晤談的愉悅」卻令葉聖陶回味不已，覺其滋味「如初泡的碧螺春，一一雋永可喜」。散文以一次在上海火車站的送別爲重心，因爲朱自清經常是慌忙的神態，因此葉聖陶總喜借周作人的「永遠的旅人的顏色」一語來形容他。朱自清在旅館收拾行李，茫無頭緒；到了車站，又擔心館役沒把行李送到，使葉聖陶等送行的人也跟著有些不安。最後是車站依依不捨的話別，葉聖陶描寫道：

> 幸而都弄清楚了，你的兩手裡只餘一只小提箱和一個布包。「早點去占個坐位吧！」大家對你這樣說。你答應了，顛（點）頭，欲回轉，重又顛頭，臉相很窘地躊躇一會之後，你似乎下了大決心，轉身逕去，頭也不回。

> 沒有一歇工夫，你的米通長衫的背影就消失在站臺的昏茫裡了。

葉聖陶當然不像朱自清看著父親的背影「眼淚又來了」，但可以看出他對這份友誼的珍視與念念不忘，透過這篇洋溢濃烈思情的書信散文，我們也看到了朱、葉二人友情的深厚，筆端所聚匯的盡是對摯友的無限思念。

小說家朱天心最初以一部長篇散文《擊壤歌》崛起於文壇，描述了高中生活的種種，特別是與幾位死黨的友情最讓人印象深刻。幾年後，他在小說集《昨日當我年輕時》後附了幾篇散文，其中有一篇〈寫在春天——給鄧〉，敘寫同在北一女讀書的死黨鄧因癌症去世時的悲痛，充滿了純真的友誼。文章以春天爲題，卻處處都是冬天的陰冷情調。因爲鄧的離去，她在瞻仰遺容後，不知要如何安頓自己一顆悲傷的心，隨意地走著，最後又走到與鄧共渡三年時光的北一女。她寫著：

> 走著走著，就到北一女了。一時決定不了走那岸，依著介壽公園旁，還是貼著學校圍牆的這面走。介壽公園那頭是以前每天早晨我一人踽踽獨行慣了的路，夏天的時候，羊蹄甲總伸出鐵欄杆來砰的一蓬粉紅，我跳起來摘下兩朵，一朵給橘兒，一朵給小靜，奇怪怎麼不給鄧呢？靠學校牆邊的這岸則是我們放了學嘰嘰喳喳走的，喏，鄧，今天再替妳走一遭。奇怪鄧死了後，我常不覺的多吃多看多走，覺得是替誰多過一份似的。看到美好的事物，總要多端詳，是嘛，鄧在的話一定也跟著一道指指點點的呀！

回憶從前與鄧的生活片斷，雖都是瑣碎小事，卻間接地烘托出兩人無話不談的親膩交誼。作者接著敘述了她們高一的美術老師，「天人五衰」的故事，好吃的金陵熱起司等，然後再一次說：「鄧，妳看，今天下午我又替妳活了一回了。」這就是她的友情。她自我安慰的背後，其實是無限深沉的哀傷。友情的定義不必侷限於同輩的友儕，師生之間，或是人與人間道義互動的關係，都可以是抒情散文中以友情爲重心的描寫題材。

4.獨白的心情

以作者內在心理世界的主觀描寫爲主的抒情散文，可歸爲個人心情獨白一類。通常以第一人稱觀點進行。如果所思所言以情感的抒發爲主，則爲抒情散文，如以人生哲理的闡發爲主則可歸入論理性散文。當然，要完全一空依傍，純以意識流動爲主的心情獨白並不多，一般仍需依附在外在事物上，只是個人感情的抒寫，帶著強烈的主觀色彩，且以內在心情的挖掘爲重而已。它多半是一個片段，情節的進行也是迅捷、流動、自由而不規則，是一種「無形式的形式」。

《八十三年散文選》（九歌出版社，1995年）中，有一篇蘇偉貞的〈單人旅行〉可以作爲例證，描寫的是兩人分手時內心的複雜情境。她以旅行來比喻感情的旅程，對於分手，她哀傷地形容說：「我感覺到一種秋意，彷彿坐在水中，與你同桌共飲。」然後，她開始有了以下的一段心情告白：「情感像一場旅行，沒有以前，也沒有以後，所有發生都是獨立時光……旅行是什麼呢？我反覆比喻，尋求可以安慰自己的答案……是以現在印證過去，是以你印證我。旅行的時候，未來是不存在的，情感也是。」這不是質問，而是自我的心靈對話，企圖給自己過去的這段情感一個解釋，是說給自己聽的。

彭樹君〈追逐一枚蝴蝶的行程〉（收入劉洪順主編《月亮上的獨

角獸》，石頭出版社，1992年）一文敘述自己童年時的夢想，其中一段寫著：

> 飛，飛到高高的雲天裡。那時的我是個富有的小孩，除了沒有翅膀，其他什麼都有：山巒、阡陌、原野、河流，還有大片大片的天空，以及遠方的地平線。我縱情奔跑其間，屬於一個鄉下孩子的夢想也就遼闊起來。「沒有翅膀沒有關係，」我對自己說：「只要跑過地平線，我就能像風箏一樣，隨風飛到高高的雲天裡。」

最後的自言自語即是心靈的獨白，說明了自己對未來的憧憬，充滿了童稚的想像。

「獨白」必然會涉及心理層面的隱密部分，潛意識與下意識也可藉此形式浮現，若能適當加以運用，則抒情的深度也可獲得拓展。在小我之情中，這一類的描寫最個人化，也最隱私，作者的內心世界往往藉此眞實地表露出來。

㈡大我之愛

和小我之情不同的是，大我之愛的敘述主體雖是個人，但描寫的客體卻是非人類：它或是具體的草木山水、城鎮田園，也或是抽象的家國之思、時代之感、人類宇宙之愛。總之，不再侷限於人我之間的種種互動，而是擴大爲物我之間，乃至於在人我、物我之上的更廣大的情操。

其實，「物」的本身並無情感可言，它的生命是來自於作者的有情觀照。換言之，不論其所描述的對象是人是物，眞正要傳達的還是作者自己的情感。人間之愛，自然之美，永遠是抒情散文歌詠的主題，禮讚的對象。從這類散文中，我們可以看到作者對人生，對自然，對社會，對世界的新發現、新態度、新思考。抒情散文在表現廣闊的社會生活、自然萬象時，有自己的表現重點和方式，而其所呈現的大我之情的廣度和深度，主要是取決於作家觀照、體驗、思考生活的深廣程度。

1.自然人文之感

以山水景物而言，作家的個人情感固然也會投射在其中，但其所探討、呈現的可能是自然生態、環保議題，或是美景變化、天地奧祕，乃至於人與大自然的互動等，跳脫了小我抒情的以自己的情緒爲主的寫作方式。如余秋雨的散文集《文化苦旅》（爾雅出版社，1992年）即是一本融人文於自然的傑出作品，以其中的一篇〈寂寞天柱山〉爲例，描寫大詩人李白、蘇軾等年老歸隱時欲在此安家的天柱山，如今卻已寂寞、蒼涼，少被文人注意了。內文中有一段寫余秋雨在山道間行走的聞見感思：

> 山道越走越長，於是寧靜也越來越純。越走又越覺得山道修築得非常完好，完好得與這個幾乎無人的世界不相般配。當然得感謝近年來的悉心修繕，但毫無疑問，那些已經溶化為自然景物的堅實路基，那些新橋欄下石花蒼然的遠年橋墩，那些指向風景絕佳處的磨滑了的石徑，卻鐫刻下了很早以前曾經有過的繁盛。……是歷史，是無數雙遠去的腳，是一代代人登攀的虔誠，把這條山道連結得那麼通暢，踩踏得那麼殷實，流轉得那麼瀟灑自如。

把山道的自然景致與人文歷史做了巧妙的連結，有作者的感情，但更多的是對山水人文的感激、思索。壯闊的山水固然可令人興起大我之思，一花一木，一貓一犬，也同樣可給人寬廣的聯想。如簡媜《只緣身在此山中》（洪範書店，1986年）寫其在佛光山的因緣感觸，充滿了智慧的禪機，其中的〈竹濤〉一文寫道：

> 竹，長成了一節節的立姿，也應是記載了一節節開山闢境的傳奇，我極力欲觸出竹管所見證的辛苦歲月，但我掌上儘是一逕的溜滑感覺；我希望探看地上凝固的斑斑血汗，但那血汗已滲入春泥更護花，只留著一條條平坦的道路，供後人在此閒步、在此靜思、在此嬉笑……

以自然之竹爲媒介，我們看到了竹背後的人文大愛：開山者的「辛苦」已化爲後人的「溜滑感覺」，血汗也已化作春泥來護花。作者所抒的情已然超越了自我。

2.家國時代之思

在人類的感情中，和戀母情感最接近的，莫過於對世世代代生息繁衍的鄉土地域的眷戀之情。懷鄉思土，愛國愛家，歷來就是最重要的文學母題之一。作家們總是會以各種抒情的方式來傾訴對鄉土的思念和嚮往，這種與大時代相結合的家國之思，在散文作家筆下也就成爲最觸動人心的詩意情感。當作家將自己的念國／鄉、憂國／鄉、愛國／鄉之志以抒情的方式呈現出來時，往往會產生令人撼動的藝術感染力與衝擊力。

蕭乾的〈棗核〉一文，就是讓人讀後深深感動、以懷念故土鄉愁爲主的抒情散文。它描寫作者到美國前，朋友來信再三托付帶幾顆生棗核，到後才知道朋友因思鄉心切，不僅在自己家的花園中堆起了一座似「北海」的假山石，栽種了兩株垂楊柳，而且準備種棗樹，因爲人在異鄉，他非常想念故鄉胡同院裡的那棵棗樹。文末寫道：

> 接著，他又指著花園一角堆起的一座假山石說：「你相信嗎？那是我開車到幾十里以外，一塊塊親手挑選，論公斤買下，然後用汽車拉回來的。那是我們家的『北海』。」
>
> ………
>
> 他告訴我，時常在月夜，他同老伴兒並肩坐在這長凳上，追憶起當年在北海泛舟的日子。睡蓮的清香迎風撲來，眼前彷彿就閃出一片荷塘佳色。

此景此情，游子異國的思鄉情已成了這篇散文要體現的重心所在。作者抒情之眞與筆下人物感情之眞融合在一起，令人動容。尤其結尾的破題之句：「改了國籍，不等於就改了民族感情，而且沒有一個民族像我們這麼依戀故土的。」既深沉蘊藉，又情理交融，具有點鐵成金的妙處。民族之大感情，在此得到了淋漓的抒發。

又如張拓蕪的〈坐對一山愁〉，寫自己日日夜夜坐對一幅彩色的黃山照片，雖然那只是「一小幅從報紙上剪下來的劣質印刷品」，而且多次翻照後，「粒子粗糙，影像模糊」，但他依然「珍寶似地壓在玻璃板的正中央」，因爲，「黃山是皖南的一部分。他是涇縣人，涇縣離黃山還遠著，還有三百來里地，但他貪婪而霸道的據爲他故鄉的一部分。」從一張舊圖片，牽連出自己對故鄉的思念，感情的深度已隨之升華。余佩珊〈星子城〉（收入《文學的沙田》）也是身處香港異鄉，聽到火車汽笛響起，就不禁輾轉難眠，因爲讓她想起了「迷濛的聆聽汀州路火車汽笛渺渺喚去」的記憶。鄉愁令她難眠，我們看到的是一種自古以來文人脫離不開的共同情感。這是永遠的鄉愁，也是抒情散文中動人的主題。

不論是小我之情、大我之愛，也不論是採取平鋪直敘、對比、象徵或暗示，抒情散文要寫得成功、感人，一定要有眞實的情感流露，美感的呈現，以及心靈的提升，如此方能營造出一篇讓人回味再三、餘味無窮的抒情散文。

第二節 描敘性散文

一、描敘性散文的名義

描敘性散文，顧名思義，是以敘述、描寫爲主的散文，而且敘述與描寫經常是揉合在一起，構成具藝術價值的散文形式。鄭明娳在《現代散文構成論》中有〈散文描寫論〉與〈散文敘述論〉兩章，對此進行深入的分析，她認爲，所謂描寫是指「在正文中針對特定客體呈現出具體藝術形象思維的段落」，至於敘述則是指「正文中關於單一事件或系列事件的處理、演繹」。這兩者的區別主要是：「敘述的進行有時間性，必須分清主次；而描寫則僅重視空間性，往往抹煞時序差別。」不過，鄭明娳也認爲：

> 就近代中國散文的發展來看，具備藝術價值的敘述往往和描寫相結合，描寫是構成敘述的基本單元之一……尤其對於以呈現事件為主旨的散文而言，獨立的敘述只會使正文淪為事件內容的堆砌，如果缺乏精緻的描寫作為

構成單元，就沒有傑出的敘述表現。

換言之，敘述與描寫是散文構成中不可缺少的兩大要素，因此，如果散文的表現是以事件、景物爲主要對象，而採取的寫作方式又以描敘爲主，就是描敘性散文。

爲說明之便，將此類散文分別以其描敘的對象不同而分成敘事、寫景、詠物等三類。以下分述之：

二、敘事散文

敘事散文是以記事爲主的散文。這裡所謂的「事」，大抵不出兩種：一種是寫實的，一種是想像的。日常生活中的所見所聞，不論是家國大事，還是個人瑣事，都可以加以客觀、眞實的描敘，這是前者；至於後者，是指可以描敘心靈上所感、所思之事，也許是一場夢境、一段玄想、一則寓言、一種想法，都可是敘事散文的題材。

散文的敘事是一種審美的藝術，它的藝術價値不完全取決於事情本身，而在於能不能夠借助事件爲讀者提供較多的情理聯想的空間。作者必須從美的角度在現實中感受人事、組織情事，不要只求敘事的生動引人，應以美的韻致動人爲更高的標準。余光中也曾說過：「敘事文所需要的是記憶力和觀察力，如能再具一點反省力和想像力，當能賦文章以洞見和波瀾，而跳出流水賬的平舖直敘」（《聯副30年文學大系・散文卷—— 提燈者》，聯經出版公司，1981年）。

因此，敘事散文在寫作技巧上至少應掌握以下三點：

㈠態度冷靜，敘述客觀

敘事散文最重要的是要把「事」敘述出來，不管是寫實，還是想像的情節，交待清楚是第一要務。在構思時可以別出心裁，在取材上可以隨興記事、獨具慧眼，但接著就必須把握事件的重點和特色，加以客觀的描述，讓讀者能如親臨其事、其境。

敘事散文雖以事件爲中心，但作者的情感、人物的安排，乃至於議論的發抒，都可能夾敘夾議、人事交雜地呈現，不是只能敘述情節而已。

蕭蕭的散文集《稻香路》中有很多篇以敘事爲主的作品，對童年、鄉村的記憶溫暖而感人，其中有一篇〈山洪爆發時〉描述鄉間洪水肆虐的危急情況頗爲生動：

> 洪水一來，我們真是無能為力，起先，門口埕一片濁黃汪洋，緊接著，屋子進水了，大約從老鼠挖鬆的洞口進來，一下子，屋裡與屋外共色，我們站在椅條上，膽戰心驚。……轟隆隆的聲音從五十公尺外的山腳路傳來，彷佛山崩了，彷佛石砌的堤防沖毀了，彷佛山洪就要沖垮我們的房子了！無法估計轟隆隆的聲音離我們多遠，什麼時候會走近，風狂雨驟，往往又傳來許厝寮的山崩了，什麼人的豬被沖走了，什麼人的厝倒了，陸陸續續不幸的消息，更增添了風雨中惶惶不安的心情……。

從蕭蕭的敘述中，我們也彷彿與之同處於洪水來襲的緊張、不安與恐懼的情境中。雖然是緊急的狀況，但他寫來有條不紊，從事前的氣氛到來臨的驚險，在冷靜、客觀的筆調中生動地刻畫出來，使人如臨其境。

㈡善用伏筆，適度轉折

敘事散文最忌拖沓、冗贅，因此文筆宜簡潔、精練，出於自然而不矯揉做作。楊牧將現代散文分成七類，其中特別拈出以夏丏尊、朱自清爲首的「白馬湖風格」一派，指出他們的作品「清澈通明，樸實無華，不做作矯揉，也不諱言傷感」，並稱贊夏丏尊以一篇〈白馬湖之冬〉樹立了白話記述文的模範。文字的簡練確實是敘事散文的基本要求。在敘述的過程中，則忌諱拘謹、呆板，如流水帳似的單線敘述，應該多運用伏筆，巧加轉折，前後呼應，使文氣生動有致，情節曲折引人。善用轉折者，則事複情厚，扣人心弦。當然，轉折要合法度，合散文的審美規範，不可爲轉而轉，反給人牽強之感。

鍾怡雯的散文〈島嶼紀事〉（收入《河宴》，三民書局，1995年）就是一篇善用轉折、伏筆，且前後呼應完整的傑作。全文描敘童年的記憶，有苦有甜的成長生涯，到長大後全都轉化成心靈中的桃花源，不論時空如何流轉，它永遠儲存在心，不會也不曾失去。文章一開頭寫著：「我已經失去了那座島嶼」，因爲「文明的浪潮淘盡了原始的記憶」，現實的世界充滿無奈與失望，然而，她又接著寫道：「有時候，我又覺得並沒有完全失去那一座島嶼」，因爲有關島嶼的點點滴滴，已經藏在她「記憶的百寶箱」裡，「時空的銹痕侵蝕不了它。只要我願意，隨時可以取出把玩，仔細欣賞。」於是，在她充滿詩意的文字中，我們隨之看到寫實的朱槿、竹籬笆、相思林、校長乏味的訓話、綠豆的萌芽、偷吃蛇蛋的經歷等，穿插交織，轉來折去。也看到因吃蛇蛋而夢魘不斷，最後父親衝進來救她的夢境與寫實交纏。因著這些不曾磨滅的記憶，她最後明白：「我並沒有失去那座島嶼」。從開始的「失去」，到「尋找」的過程，再到「發現」並未失去，失去與擁有的伏線貫串全篇，運用得十分純熟，也敘述得自然流暢，值得再三品味。

又如馬來西亞作家王潤華的《秋葉行》（當代叢書，1988年）中的名作〈在臺大女生第五宿舍前排隊的日子〉，敘寫他在臺灣政大讀書時，追求另一也是來自馬來西亞、在臺大就讀的詩人淡瑩的故事。文章開頭寫一張照片的因緣，使他對淡瑩產生好感，不久，在詩社中相識，進而相戀，從此展開他在臺大女生宿舍前排隊的日子。他寫道：「每次站在臺大女生第五宿舍的圍牆外，望著高大的宿舍和堅固的圍牆，我總是把自己看作是攻城的希臘人，而那宿舍，便是關住海倫的特洛埃城。」全篇描寫他是如何攻進愛情的圍牆，穿過愛情的窄門，甜蜜與相思，起伏穿插，使讀者跟著他的追述，一步步地走進他們的愛情故事裡。這裡的「圍牆」是全文的重心，也是具體的象徵，宛如伏線般貫串全文。到了最後，他突然寫道，15年後，他和淡瑩攜手重遊臺大，又回到以前約會的傅園，以及令他們難忘的女生宿舍，「我多想再度站在圍牆外，大聲叫一次『劉寶珍』！然後再在傅園的傅斯年校長紀念碑旁度一個晚上。可是所謂近鄉情怯，我卻匆匆的走過，不敢多看幾眼傅園和第五宿舍……」，這與當年熱情追求的表現似有不同，但千折百迴，其實說的仍是二人愛意之濃，也讓讀者明白這個故事的完美結局。從愛慕、追求，到重遊舊地，敘寫得自然緊湊。從一張照片的伏筆，到女生宿舍高大圍牆的的象徵，作者確實是具有高度敘事功力的能手。

㈢慎選視角，焦點集中

不論描寫或敘述，都需要一個視角，一個切入的角度，一個觀點。或許是以「我」爲主的第一人稱，或許是以「他」爲主的第三人稱，這取決於作者因其題材的不同而有所選擇。敘事散文的視角以統一爲常態，講究全文敘述角度的一貫性。至於焦點集中，是指全文的主旨要明確，不論如何敘寫，文章的中心點要如眾星拱月般始終在中央，如此才能傳達明確的訊息給讀者，或打動讀者。其實，人稱上的改變成「你」或「他」，只是形式的變化而已，眞正要傳達的還是「我」的觀點。

以古蒙仁的《小樓何日再東風》（九歌出版社，1990年）中的同名散文爲例，全篇描述自己與另一作家林清玄的友誼，從最早的因學校座談會認識開始，兩人即有著時而熱絡時而疏遠的交往。採訪、寫作，由同事而同居，然後各自結婚、工作，難得聚會，焦點始終集中在兩人如水之交的情誼上。以「我」爲敘述者，寫「他」的種種，交織成「我們」的友誼世界，如文末寫著：

> 至於我和清玄之間，除了偶爾在某些場合碰面外，已難得聚會。前一次碰見他，還是在中央日報的文學獎評審會上。評審後會餐，滿桌佳餚，他照例不為所動，只喝幾杯清水。幾年苦修下來，他似乎已擺脱一切物慾，端靠打坐補充元氣，居然精神矍鑠，紅光滿面。看來這濁世紅塵，對他只是一所煉獄，過去的喜怒哀樂，已被烈火焚去，活著只是為了一場見證。

從古蒙仁的單一角度，透過各個時期、不同交往的回憶，我們看到了林清玄的轉變軌跡，雖然作者也敘述了一些自己的心境、經歷，但其目的仍是在襯托、突顯敘述的對象。第一人稱觀點的運用，統一而嫻熟。

阿盛的散文集《五花十色相》（九歌出版社，1996年）中有多篇聊天、說故事性質的散文，則以第三人稱觀點敘述，焦點集中，因此篇幅雖不長，卻能將人物的經歷、性格勾描得活靈活現，幽默中帶點苦澀，讓人歔晞不已。如〈李有春〉一文，寫李有春嗜賭，罔顧家計，連女兒也被他推入火坑。作者以簡潔、語帶反諷的幽默口吻，站在旁觀者的角度下筆，將一件件事生動敘述出來，不必點破這個人物的可悲可鄙，讀者自然可以從事件中拼湊出人物的性格，像文中有一段寫李有春：

> 天九牌中有鬼。李有春經常這樣對人說：「分明是有鬼，五配四，偏偏碰上八配一，九比九，比一支牌大小，輸！真的有鬼！」聽講的人若回他話，他說得更神，若不回他話，他就說給自己聽：「我會有錢，贏得你們叫神叫鬼！」……
> 李有春根本沒去求神拜鬼，他求的是大女兒。大女兒十六歲，讀完小學去學理髮，由於不忍見到父親幾乎按照三頓飯流眼淚，終於半懂半懵點頭，願意去「那個地方」。李有春立即擁有十五萬元。

敘述者完全是旁觀的角色，娓娓道來，主線明確，讓人讀後對這一故事的情節及其傳達的主題有清楚的了解，人性的醜惡於此有辛辣的剖析。這樣如小說般的敘述方式、觀點，是作者的匠心獨運，也因爲視角的選擇正確，使作者敘事更爲得心應手。

三、寫景散文

寫景散文是以外在環境景觀爲描敘對象的散文。「景」可以占散文中的主要地位，如遊記；但一般寫景的作用以陪襯、烘托主要對象居多。它本身或是一個段落的背景說明，或是一個完整自足的藝術客體。散文若是純粹寫景，不易感動人，它必須有作者的情感、觀點灌注其中，「景」才有生命。即使是遊記，若無作者的主觀情意，則客觀之景亦只是一些空洞修辭的堆砌而已。因此，抒情、寫景或詠物，單獨存在並無意義，彼此之間相互交融，以情爲基礎、內質，景物爲形式、外貌，作藝術美感上的連繫，才是描敘性散文的重心所在。自然山水，原本不帶一點情愫，但是，一旦與作家的特定情、志相揉合，則會熠熠生輝，只有「情與景會，意與山通」之後，才能眞正創造出寫景散文的意境來。

寫景散文在寫作上至少要注意以下兩點：

㈠情景交融

王國維在《人間詞話》中說：「境非獨謂景物也，喜怒哀樂亦人心中之一境界。」景爲外境，情爲心境，要寫出眞景致，須有眞情致。作者的情思可以藉景境的描敘投射出來，不論是「即景生情」——就是一邊描寫景致，一邊將心中因景所產生的情思也描寫出來，也就是先景後情；或者是「因情生景」——就是所謂「移情作用」，作者將自己的感情、知覺、趣味，轉移到無生命、無情感的景，構成情景交融的境界，這是先情後景。不論是情先或景先，最重要的是能表現出景物的生命、情趣與靈氣，而作者的情思也藉此呈現。所以，把景視爲一生命體，自然能寫出情景交融的寫景散文。

艾雯的散文集《明天，去迎接陽光》（漢藝色研出版社，1990年）中有一篇〈攜回一束小花〉，其中有一段寫自己大病初癒的欣喜心境：

> 昨日風雨帶來今朝黃金般的平靜，當陽光再度照臨，萬物閃耀著新的光采，天更藍，山更青，樹和草更綠，溪

> 水盈盈欲溢，田裡剛插下的秧苗已舒展新葉。一切都顯得更清新、開朗、煥發而生意盎然。低潮過去，沉睡的生命之流又躍躍欲試，奔越前進。

因為心境的轉變，所見的一景一物也隨之煥然一新，「清新」、「開朗」與其說是描敘外景，不如說是描敘內心。此情此景，已相互交融，使景也沾染了無窮的生命力。

㈡形似與神似

取其形而書其神，是寫景文是否成功的關鍵所在。自然界的山水、節氣、天象等，要寫得有形、有色，還要有聲、有韻，也就是不能只求其形似——要做到這一點也不容易——還要更進一步求其神似，使其由客觀形景的描摩，提升到主觀神韻的掌握。要做到這一點，不僅需講究描寫的方法和修辭的技巧，還要設身處境，投入情感，使山水人文化，如此之寫景文，才能讓人如臨其境，留下深刻的印象與感動。

以《文化苦旅》（爾雅出版社，1992年）、《山居筆記》（爾雅出版社，1995年）散文集馳名兩岸文壇的余秋雨，在《文化苦旅》中有多篇充滿人文思考的寫景遊記，極具藝術魅力。如〈廬山〉一篇，寫一次難忘的廬山之旅，其中有一段寫三疊泉的壯景，以擬人化的筆法，將泉水之盛的神采做了逼真的描繪：

> 不知何時，驚人的景象和聲響已出現在眼前。從高及雲端的山頂上，一幅巨大的銀簾奔湧而下，氣勢之雄，恰似長江、黃河倒掛。但是，猛地一下，它撞到了半山的巨岩，轟然震耳，濺水成霧。它怒吼一聲，更加狂暴地

> 沖將下來，沒想到半道上又撞到了第二道石嶂。它再也壓抑不住，狂呼亂跳一陣，拼將老命再度沖下，這時它已成了一支浩浩蕩蕩的亡命徒的隊伍，決意要與山崖作一次最後的衝殺。

果然是氣勢雄偉，聲色俱佳！一些動詞的運用，使瀑泉宛如千軍萬馬，起伏震動，而「老命」、「亡命徒」等描敘，則直接抓住了此景之神韻。「作最後一次的衝殺」，使讀者有聯想的空間，確是傳神之筆。全篇有形有神，堪稱寫景文之佳構。

四、詠物散文

詠物散文是指所描敘的對象以人事界的器物、建築物、藝術品爲主的散文，它也可以擴大至自然界的動植物，與寫景散文有部分重疊之處。基本上，景的描寫以自然山水爲主，物的描寫以人文器物爲主，這兩者經常以「景物」並稱。

詠物散文的範圍很廣，在寫作上，有時藉物寄懷，有時藉物說理，有時則以物的本身作科學性的敘述，以呈現物的特質。在現代散文中以詠物著稱者如梁實秋寫鳥，許地山寫花生，蘇雪林寫梧桐，陳醉雲寫蟬與螢等，都是膾炙人口的名作。他們把自己的濃濃情思寄託在外物上，通過精巧的構思，創作出一篇篇優美的散文。由於各人的經歷、素養、才思不同，如何詠物，以及詠出何等面貌的物，都因人而異，例如同是寫書，有人充滿幸福的回憶，有人則與苦難連結在一起。

詠物散文大多是由小見大，從物的本身出發，探討或寄寓更大的道理與情感，所謂「一花一世界，一葉一如來」，就說明了物的世界是值得開發、探索的。除了純粹的介紹物的相關資料外，詠物散文必須有作者的情思觀照，賦以生命，才能鮮活感人。至於有生命的動植物，也經常因其表現出值得人們學習、啟發的特色，或是具有美感的呈現，才為人所歌詠、記錄。

以寫作方式來看，詠物散文可以簡分為以下三種：

㈠科學記實性的詠物

這類散文是從科學的角度來敘寫物的客觀特質，講求的是眞實、條理，其目的是使讀者在閱讀之後，能獲得一些寶貴的專門知識。當然，它不同於一般手冊的說明，或是專門書籍的介紹，而是仍需一些深雋、簡練、趣味的文筆來表現。

例如林文月《京都一年》（純文學出版社，1971年）中的〈京都的古書鋪〉一文，介紹了多家日本著名的古書店。以書店為詠物的對象，林文月採用不少記實的筆法，她寫道：

> 從「彙文堂」順著寺町通南走，經過一些古董古玩店，如專賣倉、明治時代字畫的「藝林莊」，和以專出售書道舊字帖及書畫論一類舊書籍聞名的「文苑堂」，在左側可以看見「文榮堂」，右側稍遠處則有「其中堂」，這兩家書店都是專售佛教典籍的。「文榮堂」是京都著名的佛教大學「大谷大學」的附屬書店，除了一般佛典外，主要在供應大谷大學、花園大學等佛教學校以及其他各大學裡哲學系、佛學系學生的教科書。……「其中堂」的規模較「文榮堂」為大，除了店鋪的前半部分出售各類新舊佛典，以及有關佛學研究的書籍外，以中間部位的櫃臺為界，後半部所藏皆為線裝善本書，極為珍貴。

這是林文月的經驗之談，也是客觀的簡介。讀者由此可獲得相關的書訊，對各書店的特色做了要言不繁的勾勒，不帶情感，屬有條理的記實。

其他如梁容若〈蟬〉一文中寫著：「雄蟬發出令人陶醉的音樂，全靠腹面的鳴器。鳴器左右有兩塊圓板，在背部叫背瓣，在腹部叫腹瓣。背瓣的下面有凹凸的膜，是唱歌用的。腹瓣的裡面又有薄膜張著，叫共鳴膜，是擴大聲音用的。」看來像是生物學的解剖說明，這正是科學記實性散文的特色，文字清楚明白，使人一讀就懂，不在修辭上表現，只要讓人明白，就達到其目的了。

㈡寄懷抒情的詠物

藉詠物來抒寫懷抱，寄託情感，表達理念，是詠物散文寫作的一大特色。物的作用是媒介，情理才是文章之重心。這一類的物，必須與其發抒之情理有相近似的可聯想性，藉比喻、象徵來達到效果。作者的主觀情思必須貫注在客觀之物上，是這類散文的基本要求。

以前引梁容若之〈蟬〉為例，作者的情感不見於字裡行間，只是介紹蟬的一些常識；而香港作家盧瑋鑾（筆名小思）收於《承教小記》（香港華翰文化事業公司，1983年）中的散文〈蟬〉則是另一種寫法：

> 一天，在樹下拾得一隻病蟬，透明的翅收斂了，身軀微微顫動，沒有聲響。牠就是曾知知不休的在樹上過日子的小東西。那麼小，卻那麼響，竟響徹一個夏天！曾這樣問：何必聒聒？那只不過是夏天罷了！
>
> 朋友說：知道麼？牠等了十七年，才等到一個夏天，就

> 只有這個夏天，牠從泥土中出來，從幼蟲成長過來。等秋風一吹，牠的生命就完結了。
> 十七年埋在泥中，出來就活一個夏天，為什麼呢？
> 朋友說：那本來的生活歷程就是這樣。牠為了生命延續，必須好好活著。

從蟬的短暫一生中領悟生命必須奮鬥的道理，藉物寓理，給人具體的認知，而不是無感情的介紹而已。

又如粟耘的《月之譜》（九歌出版社，1985年）書中描敘月亮的同題散文中，以月爲歌詠的對象，作者的深情付諸其中，使月亮體現出作者的靈思多情，寫來空靈有韻致：

> 月亮的銀，就像新磨的銀盤發出雪一般的亮，不過，那光芒可不是逼人的，雖然自千萬個樹縫中無孔不入的淅透進來，卻似凝固住了。而最奇的，是那往昔遠觀的沉藍天空，現在，竟是一色的紫！紫得纖塵不染，晶瑩剔透！
> 是山靈？是佛法？世間竟有這般的月色天光？
> 長久以來，除了緬懷，還摻進一絲無言以告的愧歉，塵埃日蒙，何時再登山寺，再點靈臺？

從月的纖塵不染，聯想到人的心靈淨化，人面對大自然萬物，確實是該謙卑學習。作者以月詠懷，給人性靈上的思考，超越了月本身的物質涵義，作者的主觀情思已洋溢其中。

㈢呈現美感的詠物

物的本身，有時自成一完美的世界，人們常在萬物身上領略美的化身，藝術的形象。不論是動物、植物、器物，其千姿百態都是詠物散文不可忽略的題材。這類散文，看似客觀寫物，其實襯托出作者的獨具慧眼、超凡性靈。這種以呈現物之美感爲主的詠物散文，其本身的文字必須靈動，構思必須巧妙，以能抓住物之神韻、風采爲最重要。

例如余光中的《隔水呼渡》（九歌出版社，1990年）中的同題散文，描寫遊屏東墾丁南仁湖山的難忘經歷，其中有一段描寫白鷺鷥，是上乘的詠物小品：

> 兩隻鷺鷥一前一後，從斷堤裡面幽深的湖灣飛來，雖然在蒼茫的暮色中，襯著南岸鬱鬱莽莽的季風林，仍然白得豔人耳目。那具有潔癖的貞白，若是靜綻如花，還不這麼生動，偏偏又這麼上下飄舞，比白蝶悠閒，比雪花有勁，就更令人目追心隨，整個風景都活潑起來了。雙鷺飛到南岸渡頭上面的樹叢，就若有所待地慢慢迴翔起來。

正如余光中所說，若是靜態呈現，就不夠生動，因此，他採取動態速描，抓住飛翔的姿態，出之以詩意化的文字，使鷺鷥的美感充分展現出來。

蔣勳的〈曇花〉（收入《大度・山》，爾雅出版社，1987年）也是一篇詠物的佳構，寫自己夜觀曇花盛開的激動心情，其對曇花的描寫，給人美感的享受。例如下面這一段寫花逐漸綻開的過程就很精緻動人：

> 大約黃昏時分，花苞開始飽滿起來了。我守在旁邊，細看它一寸一寸地綻放。到八、九點鐘，花苞四圍細長夭矯的紫紅色花萼顫顫立起了。九點以後，花瓣綻開移動的速度是肉眼可以計量的。瑩白潔淨如雪，如白鷺的羽毛，那花瓣，掩映透明，一片一片，從彼此挨靠依偎，逐漸散放、張開、挺秀，各自展開了它們美到極限的姿態。

作者以形象化的文字（如雪、白鷺羽毛），加上動態的描寫，使曇花的綻放有聲有色，讀者在他的妙筆引導之下，也彷彿參與了這難得一見的花開麗景。

散文中的詠物手法，提高了作者反映現實生活的藝術才能，豐富了描寫事物的技巧，因此，散文中不可缺少詠物之美，而這種美來自於作者的審美感受和心理。作者觀察萬物，其實也就是觀察自己。寫景也好，敘事也好，詠物也好，「我」通過這些事物來顯現、伸張，產生藝術上的美感，讓讀者獲得強烈的藝術感染力，這才是描敘性散文眞正迷人之處，以及其價值之處。

第三節　論理性散文

一、論理性散文的名義

所謂「論理性散文」，是指以說理、議論爲主，表達作者的思想與人生觀，引起讀者理性沉思的散文。曾昭旭的詮釋是：「論理散文自然也可以廣論性理、玄理、空理、名理、文理、事理、情理、物理……凡天下事皆有理，當然也都可以即任何物而志在窮其理，而凡志在表顯其理的散文，便本質上都可以算是論理散文，而不必問他所涉及的是事是情或是純理。」他把論理性散文稱爲「哲學性散文」。至於鄭明娳則稱為「哲理小品」，並依表達方式的不同，分成直接式說理、抒情性說理、敘事性說理三類，她認為哲理小品，以傳達作者的思想為主，也就是表現個人的哲學觀。

一個優秀的散文家，應該也是一位「哲學家」、「思想家」。他的作品就代表了個人獨特的見解，因此，對散文作家而言，加強思維的修養和鍛練十分重要，不論是抒情、敘事、詠物、寫景，其中都有一些人事之理，自然之理。以文學的技巧來傳達人生之理，是論理性散文的主要訴求。它不是哲學思辯的論文，探討或呈現的是宇宙大道理還是個人小感觸，都不能離開文學語言及文學表達方式，誠如鄭明娳所言，它「不能負荷系統性、高深的哲學理論，往往只是把一些身邊瑣事做較深入的透視，運用較特殊的角度，使讀者深思。然而，無論以何種型態出現，它必須運用文學的語言來表達，有文學的技巧在其中，才有別於哲學論文」。

一篇散文是否深刻，往往看它有無深邃的哲理表現，論理性強的散文，會使讀者得到思想上的啟迪和藝術上的滿足。但是，散文中的哲理不宜太多，尤其最忌賣弄，如果連篇累牘都是哲理，反而令人生厭，因此，一篇好的論理性散文，應該做到既有哲理的內涵，又不擺出表達哲理的架勢，自然貼切，不露痕跡，這才是論理性散文的成功之處。

二、論理性散文的表現方式

在散文中表現思想與哲理，依其表現方式可以簡單分成直接式論理與間接式論理。直接式論理是單刀直入說理，不拐彎抹角，直接切入主題；間接式論理則是迂迴呈現出作者的人生觀或其哲理思考，可以理在事中，理在景中，理在物中，藉著這些具體的外在事物，透顯出作者的內心意念。論理性的散文在現代散文史上占有重要的地位，創作量也很大，幾乎每一位知名的散文作家都有這一類的作品。事實上，散文寫作除了需要豐富的生活經驗外，深刻的人生思索也是必備的條件，因此，或多或少地表達自己的哲理思考，便成爲散文創作中的重要表現方式。以下就依其表現方式的不同來加以說明。

㈠直接式論理

論理性散文本來就是以說理爲其文章的主旨，若是全篇以理的闡釋、陳述爲主，則屬直接式的說理，不過，它的語言必須是文學而非學術論文。例如以《旅美小簡》、《在春風裡》等散文膾炙人口的陳之藩，就有多篇以哲理表達爲主的散文，如收在《一星如月》（見《陳之藩散文集》，遠東圖書公司，1990年）中的〈時代與困惑〉一文，談論科技對時代、社會、人心、思想的巨大影響，分成九節，都是環繞著科技時代的思想來立論、發揮，文章一開始寫著：

> 在歷史的長流裡，我們如果截出這最近三百年的時間，看看人類的活動中，究竟什麼價值比較受到重視，什麼方法產生深遠影響，我們必定毫不猶豫的説：科學與技術，簡稱科技也無不可。
>
> 科學與技術的合流，固然是科學的發展與技術延拓所導致；但它既不是純科學，也不是純技術，甚至不僅是科學與技術兩者之合成。因為科技的力量發揮的如此巨大，涉及的如此廣泛，人類的思想也就不能不審慎的考慮它的來由去脈，衡量它的左右衝擊。

這段前言之後，他就逐段敘述科學在中西方的源流、發展，以及科技時代思想上的三個特徵，人類對科技思想產生的三個反感，層遞寫來，邏輯分明，完全是理論的闡述，這就是直接式的說理。

思果的散文〈宗教的用處〉（收入《曉霧里隨筆》，洪範書店，1982年）也是一篇說理之文，全篇談宗教對人的影響，以及信與不信、善與惡的問題，給人一種對此議題的省思。例如其中一段論述宗教是否有用的問題，作者提出了自己的看法：

> 且說宗教，究竟有沒有用呢？如果我們不要當它是包醫好的萬應靈丹，有人真心信仰，切切實實和教義打成一片，自然有用。我們要想一想，如果不傳揚善，卻傳揚惡；不說，「你們要愛人如己，」卻說，「你們要恨人如仇！」世界會變成什麼樣子？近代史上殺人最多的例子，俯拾都是「恨」的教條促成的。我們批評教會，往往看重它成就不了的，忽視它「不存在」的情況。

像這種以理的闡發爲主要內容的散文，在思果的散文集中俯拾即是。楊牧在其散文分類中，特別提出說理一派，認爲胡適影響極深，「建立了近代學術說理文章的格式，證明白話文之可用。」但楊牧也指出，這類散文「重實用，不重文學藝術性的拓植」，這一說法拿來看直接式說理散文大致不差。

以社會批評、人生漫談爲主的「雜文」，經常採用的就是直接說理的方式。不管談的是生命至理還是生活雜感，基本上，「雜文」就是在表達作者的看法。形式上，它接近西方的隨筆和中國的筆記文學；在內容上，它具有理性的論說，或幽默，或諷刺，或雋永，或辛辣，其中都有一個理在。睥睨三〇年代文壇的魯迅，被尊爲「雜文大家」，他認爲雜文是戰鬥的「匕首」和「投槍」，因此，他寫的雜文多半採取直接說理，務求一針就見血。但若是林語堂、梁實秋的雜文就顯得平易近人，娓娓道來，以閒適、幽默爲格調，重視智慧之渲染和幽默人生的闡發，所採用的固多有直接說理者，但相形之下就較不乏間接說理之作。

魯迅的雜文辛辣、直接，命中要害，往往給人當頭棒喝，如他對「國粹」的批評，將「國粹」的「粹」比作「瘡」、「瘤」，在《隨感錄37》中，他對國粹派揶揄道：

> 中國人會打拳，外國人不會打拳：有一天見面對打，中國人得勝，是不消說的了。即使不把外國人「板油扯下」，只消一陣「烏籠掃地」，也便一齊掃倒，從此不能爬起。

他還諷刺道：「即使無名腫毒，倘若生在中國人身上，也便『紅腫之處，豔若桃花；潰爛之時，美如乳酪。』國粹所在，妙不可言。」以反諷的語言，將守舊的國粹派狠狠罵了一頓。這是魯迅式的火藥味雜文。

至於林語堂、梁實秋等人的雜文則顯得溫柔敦厚多了。社會批判雖有，但更多的是人生漫談一類。如林語堂寫避暑之益、戒煙的窘況、杭州的寺僧、西湖觀魚、紐約釣魚，梁實秋寫鳥、病、散步、樹、雪等，都是隨手拈來，隨興而談，妙語珠連，令人解頤，有時幽默風趣，有時又一本正經，哲理的妙處在他們筆下都化成了生活的日常智慧，給人春風，給人平和，和魯迅式的雜文讓人熱血沸騰，各異其趣。不過，不管風格如何，其以理爲文之宗旨的用心則一，都算是論理性的散文，也都以直接說理的表現方式居多。

㈡間接式論理

間接式的論理，也可以看成是富藝術性的哲理。它透過故事情節的敘述，人物性格的塑造，感情愛憎的抒發，來揭示人生的道理，進行人生內在意蘊的整體性開發。這種說理，可以讓讀者在自然感受或是趣味故事中領悟、明白，而不是強迫讀者接受作者的意見，這種表達方式，比起直接說理更容易使人留下深刻印象。

1.理寓於事

藉一個事件的發展，來呈現出作者的思想，是寫論理性散文者慣用的表現手法。在顏崑陽的散文集《人生因夢而眞實》（漢藝色研出版社，1992年）中就有很多例證，例如〈很多人可能都是猴子〉一文的開頭就是故事：「莊子曾經說了一個有趣的故事：養猴子的老人，拿著栗子去餵猴子們，說：「早上給三個，晚上給四個，可以嗎？」猴子們非常生氣；聰明的老人就改口說：「那麼早上給四個，晚上給三個，怎麼樣？」猴子們全都高興地跳起來。」顏崑陽先引這個故事，然後藉此發揮自己對這個故事的思索，他說：

> 或許，你會說，多麼愚蠢的猴子。然而，很多人卻在譏笑猴子的同時，卻沒有發覺自己也是猴子。三加四，或四加三，你固然算得出來。但是，在我們的人生經驗中，究竟自己幹過多少類似猴子這樣「名實未虧，而喜怒為用」的蠢事呢？

以這觀點爲主線，顏崑陽又舉了幾個自己切身的例子，暢談聰明與愚蠢經常是被不同的名言、喜怒所左右。從這些故事中，作者的理念已得到充分的發揮。王鼎鈞也是一位擅說故事的散文好手，他的

《開放的人生》、《人生試金石》等哲理小品，風行不衰，可說是論理性散文的傑作。他透過故事的引人入勝，暗寓或揭示一些人生哲理，使人輕鬆自在地獲得智慧的啟迪。如〈遺珠〉（收入《開放的人生》，爾雅出版社，1975年）一文寫道：

> 趙老闆運了一船鮮蚌在海上航行，阻於風浪，誤了歸期，滿船蚌肉都腐爛了。老闆見血本全部損失，急得要跳海自殺。
>
> 船長勸他：「等一等，也許你還賸下什麼東西。」他率領水手清理船艙，從滿船爛肉中找出一粒明珠來，它的價值足以彌補貨價運費而有餘。

說完了故事，王鼎鈞告訴我們他的看法：「『失敗』照例會給我們留下一些寶貴的東西，比如說『經驗』，它比珍珠還可貴。」像這樣富啟示性的故事，在王鼎鈞的用心經營下，顯露了智慧珠璣，能讓人吟詠再三，確實是事理皆美的說理散文。

2.理寓於情

作者的思想透過抒情文字來表現，是論理性散文的表現方式之一。這一類型的散文固然重視抒情，但其眞正的目的是要傳達因情而領悟的一些觀念。朱光潛《西方美學史》中說：「思想消融在情感裡，而情感也消融在思想裡。」正是這類散文的最佳詮釋。舉例來說，林清玄的《玫瑰海岸》（九歌出版社，1987年）一書，敘寫了很多動人的愛情故事，文字飽含情感，但它眞正讓人咀嚼的是這些故事背後的人生哲理，愛情故事使這些哲理更生動，更讓讀者念念不忘。如〈樹的死亡〉一文，寫一對相愛情人提議在院子裡種兩棵樹，作爲他們相遇的誓言，女的建議種一棵松樹，一棵柏樹，因爲松柏長青。於是，「兩棵樹都奇蹟一樣的活了起來」，他們時常相擁坐在窗前，一句話也不說，只聽到那兩棵樹彷彿在風中的對答。但是，後來他們分手，林清玄寫道：

> 不知道為什麼，從她離開的那一天開始，她種的那一棵松樹一天天的枯萎下去，終於在冬天裡死去。
> 他挖起樹根的時候，想著：每一棵樹都有它的心靈，像人一樣，悲哀的是，很少人能真正知覺別人的心靈。

以樹喻人，以一對松柏的枯萎來感歎感情維繫之不易，而感情之連繫主要的是心靈的相知。情由心生，人心與樹心一樣，除了澆水，還需要更深更多的關懷，這篇小品，以情敘理，其理也不限於愛情，而是照見了普遍性的人生哲理。

林清玄多年來以其佛理散文深受讀者喜愛，在他多部以「菩提」命名的系列散文中，都不乏理在情中的佳作。如《清涼菩提》（九歌出版社，1989年）中的一篇〈黃昏月娘要出來的時候〉，寫他有一次在黃昏時開車從大溪到鶯歌，看到大漢溪沿岸民房的燈火一盞盞點亮，引發他對黃昏的一些美好記憶，然後心中不覺浮起一首歌中憂傷的歌詞：「每日黃昏月娘要出來的時候，加添阮心內的悲哀。」從這首抒情歌曲的詞境，引發了他的人生思索：「我覺得在人的感情之中，最動人的不一定是死生相許的誓言，也不一定是纏綿悱惻的愛戀，而是對遠方的人的思念。因爲，死生相許的誓言與纏綿悱惻的愛戀都會破滅、淡化，甚至在人生中完全消失，唯有思念能穿破時間空間的阻隔，永久在情感的水面上開花，猶如每日黃昏時從山頭升起的月亮一樣。」由個人的一時感觸，提升到普遍的感情心理及其永恆性，林清玄一路寫來，融理於情，真摯感人。接著，他更進一步闡述人應清明看待情緣的糾葛：

> 佛經裡告訴我們：「生為情有」，意思是人因為有情才會投生到這個世界。因此凡是生活在這個世界的人，必然會有許多情緣的糾纏，這些情緣使我們在愛河中載浮載沉，使我們在愛河中沉醉迷惑，如果我們不能在情愛中維持清明的距離，就會在情與愛的推迫之下，或貪戀、或仇恨、或愚癡、或苦痛、或墮落、或無知的過著一生。

這已是理性的思考，智慧的啟發。林清玄以其柔美細膩的文筆，將哲理生動、親切、委婉地呈現出來，讓人低迴，讓人感喟。

3.理寓於景

從外在景致的描寫中，寄託作者深刻的思維觀照，換言之，吸引讀者的除了景觀的動人，還有作者的「藉題發揮」，其人文的精神活動與反省才是文章的重心，這種表現方式也是論理性散文經常採用的手法。理寓於景的寫法，作者必須在景的外相與人文的思維之間尋找出微妙的關聯，加以闡述。說理說得具有美感，不落痕跡，並非易事。蔣勳的散文中有許多篇章正是景美、理真，融合無間，讓人掩卷沉吟，獲得性靈的啟發。如《大度．山》（爾雅出版社，1987年）中的〈山盟〉，寫紗帽山、獅頭山、黃山、庇里牛斯山、大度山等各自不同的風貌及其煥發出的不同人文光采，有理有景，很耐人尋味。如其中寫大度山一節，其所領略出的人生哲理，就予人不同角度的思考：

> 大度山，沒有叢林峭壁，沒有險峰巨石，沒有雲泉飛瀑，渾渾鈍鈍，只是個大土堆。
> 因為不堅持，山也可以寬坦平和，也可以擔待包容，不露山峰，卻處處是山，是大度之山。

從大度山的地名、山勢，蔣勳察悟了「大度」山的「大肚」哲理：因爲大肚，所以能容。以山景寓人理，其理已生動具象化，令人深思。

余秋雨的《文化苦旅》中有一篇〈狼山腳下〉，描寫長江尾端即將出海的狼山一地，以其沾染濃郁人文氣息的彩筆，將這個小小的狼山，寫得讓人浩歎、震撼，絲毫不遜其長江奔流之大氣勢。他寫道：「狼山才一百多米高，實在是山中小弟」，但是，「長江走了那麼遠的路，到這裡快走完了，即將入海……長江一路上曾穿過多少崇山峻嶺，在這裡劃一個小小的句點」。因爲即將入海，「江面在這裡變得非常寬闊，渺渺茫茫看不到對岸」，「狼山沒有雲遮霧障的仙氣，沒有松石筆立的風骨，只有開闊和實在，造物主在這裡不再布置奇巧的花樣，讓你明明淨淨地鳥瞰一下現實世界的尋常模樣。」以明淨、尋常，來襯托狼山的不羈、野性與險峻，於是，余秋雨領悟出了人生的哲理：「我想，長江的流程也像人的一生，在起始階段總是充滿著奇瑰和險峻，到了即將了結一生的晚年，怎麼也得走向平緩和實在。」以景寓理，余秋雨可謂是一善觀者，也是一位生命的沉思者。他的說理，不直接說教，卻在娓娓動人的景致描寫中，讓我們自然和他一起體悟了許多人事之理、人情之常。

夏丏尊在〈文學的力量〉（收入《夏丏尊文集》，浙江人民出版社，1983年）一文中有一段話啟人深思：「文學並非全沒教訓，但是文學所含的教訓乃係訴之於情感。文學對於世界，顯然是負有使命的。文學之收教訓的結果，所賴的不是強制力，而是感染力。」這段話替論理性散文下了一個簡單卻有力的注腳。不管是直接、間接的論理，它都必須出之以文學的藝術力量，才有眞正動人、持久的感染力。

第四節 報導性散文

一、報導性散文的名義、發展及其價値

報導性散文，一般稱爲「報導文學」或「報告文學」（reportage），顧名思義，它是以文學手法的客觀報導爲主，介乎新聞與文學之間的文體。鄭明娳曾爲它下了一個周延的定義，說它「是以力求客觀的報導性文字，針對特定時空下的歷史問題、社會結構，乃至人種與生態環境的發展變異、衝突的過程，搜集與體驗各種見聞與紙上資料，而加以記錄報導的散文體裁。」因爲它是新聞報導與散文寫作兩者的結合，因此，在現代散文中形成了特殊的風貌，自成一格，而成爲散文家族中極耀眼的一員。

報導文學一詞的正式出現，是在1930年中國左翼作家聯盟宣告成立之後。該年8月4日，左聯執委會通過一項決議，提到要「創造我們的報告文學」。然而，這種文學體裁的出現要早得多。林燿德〈臺灣報導文學的成長與危機〉（《文訊》月刊29期，1987年4月號）一文，在綜合各家說法後指出：

> 1919年5月11日《每週評論》第20期上發表的〈一週中北京的公民大活動〉，報導了五四運動的實況，翌年出現了《勞動者》第一期刊載的〈唐山煤礦葬送工人大慘

> 劇〉。接著1925年五卅慘案和1926年段執政府屠殺北京示威學生的三一八事件，激起不少作家完成許多已具備報導文學雛形的散文作品。

林燿德舉了葉紹鈞〈5月31日急雨中〉、茅盾〈暴風雨〉、鄭振鐸〈街血洗去後〉、朱自清〈執政府大屠殺記〉等爲例，說明報導文學在中國已是由來已久。高信疆則在〈永恆與博大——報導文學的歷史線索〉（收入陳銘磻編《現實的探索》，東大圖書公司，1980年）一文中，將報導文學的來龍去脈做了清楚的介紹，他甚至將中國報導文學的歷史上溯至司馬遷及其所寫的《史記》。在現代文學的發展過程中，報導文學的第一個黃金時期是在三、四○年代，這主要是因爲抗戰的緣故，高信疆就說：

> 民國20年「九一八」事變，是現代版的報導文學在中國的催生者；而21年的「一二八」事件，正式確定了它在中國文學的地位，並為它做了正名的工作，稱之為「報告文學」。當抗日戰爭全面展開以後，它以最快速的步子追趕了上來，變成當時文壇的主流。那個時代的作家，知名的、不知名的，或多或少的，都採用了報導文學來從事救國救民，為抗戰做見證的工作。

可以說，新一代的報導文學是在烽火血淚中成長、茁壯的。報導文學的第二個高峰期則是在七○年代中期以降的臺灣。在臺灣，報告文學被稱爲「報導文學」，它興起之後，立即引起文壇的高度重視與廣大讀者的興趣，形成一股至今不衰的熱潮，被譽爲「七○年代媒體英雄」的高信疆則是這股文學熱潮最重要的推動者。高信疆在接編中國時報《人間》副刊的十年中，使「副刊」作爲大眾傳播媒介的特性彰顯無遺，對報導文學的鼓吹即爲其中一項閃亮的成績。他於1975年開闢了「現實的邊緣」專欄，率先提倡這種結合新聞與文學的文體；又於1978年設立報導文學獎，將此一文體向社會廣泛介紹，「進而在短短數年間推廓爲文學運動的重要徵獎」（林燿德語）。在這股令人矚目的文學潮流中，湧現了一批創作質量俱佳的報導文學作家，例如陳銘磻、林清玄、古蒙仁、心岱、韓韓、馬以工、楊憲宏、翁臺生、李利國、徐仁修、藍博洲等；此外，一些著名的散文、小說作家如張曉風、陳映眞等，也經常涉足這一領域。陳映眞甚至於1985年創辦了以發表報導文學爲主的《人間》雜誌，「以圖片、文字去記錄、報導和評論現實生活」，雖然這份深獲好評的刊物於1989年停刊，但其對報導文學的推動、深化，實有其不可忽視的貢獻。

臺灣這許多年來，透過報紙媒體的宣揚、鼓吹，而能在文學形式上有所突破、創新的，報導文學與極短篇堪稱最具代表性，也都已成爲現代文學中的一個重要組成部分。對於報導文學的價值與意義，高信疆、瘂弦、林燿德有公允的評論。高信疆認爲，報導文學的意義在於「爲一個民族塑形象，爲一個社會留紀錄，爲異時異地的人做橋樑。」聯合報副刊主編、同時也在「聯合報文學獎」推出報導文學獎項的詩人瘂弦則認爲「唯有報導文學最直接、最快速，也最具立竿見影的社會功效」。至於屢獲文學大獎的作家林燿德則總結地指出：

> 無論如何，臺灣十餘年來報導文學的發展，已留下令人無法遺忘的光痕。報導文學一向是危機時代的產物，它

> 不但正面向時代的危機挑戰，在社會多元化的發展中，成為有效的發言和改革工具，同時也背負著自身的危機。即使報導文學在九〇年代無法出現重大突破，但是那一群英姿勃發的報告者已在七、八〇年代的嘗試中成長、茁壯，古蒙仁、陳銘磻、李利國……，他們已形成文化界中嶄新的中堅力量。

九〇年代的報導文學界，我們可以看到，當年的報導文學作家已紛紛轉向其他的文學寫作——其中仍以散文居多。雖然新一代的作者不斷湧現，但似已越過了高峰期而顯得平靜許多，主要文學傳媒幾乎都不再熱衷於這一文類。探究其因，林燿德在文化生態環境變遷的角度提出他的看法，認爲自1987年報禁解除後，副刊在同一媒體中因增張的影響而散佈在各版，所謂「副刊的黃金時代」可能成爲明日黃花，過去透過副刊報導而形成話題、風尚的情形已不多見，加上各種新的專業雜誌、小媒體蓬勃發展，報導文學的黃金時代也逐漸式微。

這當然是文學傳播與社會互動的起伏現象。不過，從另一個角度來看，報導文學在走過吹螺打鼓的宣揚階段，其實已深入、沉潛到文學與新聞的血脈中。人物採訪、事件報導仍大量地在各種媒介中出現，而其表現方式很多都是屬於報導性的散文。雖然，文學的素質已相形消退，逐漸回歸到新聞本位，但是報導文學的功能及其影響依然在現代散文中占有一席重要地位。

二、報導性散文的寫作特色

和其他散文類型相比，報導性散文結合了時效性、眞實性、文學性、批判性，而形成其特殊的風貌。由於它的報導性質，對時效與事實的掌握格外留心；由於它的本質仍是散文，因此也不能忽略文學性的要求；至於出自人文關懷的批判性，則是報導性散文不可或缺的特性。以下分別說明：

㈠時效性

報導性散文並非一定要具時效性，因爲有很多的報導作品是以經驗採訪或資料考證爲主，它陳述了一種社會或政治等的現象，也許由來已久，但爲人所忽略，也許是事件發生過後的追蹤與反省，它並不以追求時效性爲目的，而是重視事件的深度與呈現的意義。然而，和其他散文類型相比，它的時效性相對突出，畢竟，它的素材主要來自此時此刻存在於周遭的現象與問題。考察報導文學發展的線索，我們也不得不承認，它的發生與成長確實主要是源於新聞追索的動機。因此，如何掌握時間上的迅速反應，遂成爲報導性散文的一項特點。

周行〈新形式——報告文學的問題〉（原載《文藝陣地》第1卷第5號，1938年）一文，對這類散文的性能曾明白指出：「究竟什麼是報告文學的主要性能呢？一般說來，正確而且迅速地記錄報告各個個別的社會現實事件，這就是它的主要性能。」他強調的是「正確」、「迅速」；胡風的〈關於速寫〉（原載《文學》4卷2號，1935年）也持相同看法，他把報導性散文稱爲「文藝性的紀事」，說它的特徵是「能夠把變動的日常事故更迅速地更直接地反映、批判」。當時的名稱「速寫」，即可看出這類文字的特性；茅盾在〈關於「報告文學」〉中也指出，「報告」的主要性質是「將生活中發生的某一事件立即報告給讀者大眾」。很多傑出的報導文學作品之所以能引起大眾共鳴，即在於它反映了當下的重要事件，給讀者另一種別於新聞報導的深度思索或另類觀察。

例如古蒙仁的〈厄夜驚洪——桃竹苗區罕見的大水患〉（收入

《臺灣社會檔案》，九歌出版社，1983年）這篇報導，描寫1981年5月27日深夜，梅雨一反常態，以「暴虐、驕縱的姿態」，「在長達九個小時的密集傾瀉下，襲擊了北部的桃竹苗地區，造成了該地區五十年來最慘重的水患。」古蒙仁隨著時間的推移，從27日寫到31日，然後刊登於6月2日出版的《時報周刊》171期，可謂迅速地對這件大事做了反應，充分發揮了報導文學的功能。

因為要掌握時效，靈敏的新聞嗅覺遂成為報導文學工作者不可缺少的條件。例如林清玄〈用舌頭採訪臺灣——與國家地理雜誌作家諾爾遊淡水〉一文，就是趁著《國家地理雜誌》派了三位工作人員來臺採訪時，林清玄覺得我們國內發展報導文學、報導攝影已有多年的歷史，而《國家地理雜誌》乃是世界公認一流的報導雜誌，了解他們的工作方式，也許對國內的報導工作者有一些幫助，於是，他陪他們去了一趟淡水，藉報導他們的行程來引出一些報導文學工作的心得、經驗。這種時效性的掌握，以及題材的選擇，都可看出林清玄這位「報告者」對報導文學性能的充分認知與善加運用。

㈡眞實性

臺灣的報導文學主要是新聞報導進展後所衍生出的文學類型。高信疆指出，新聞報導的發展過程是由「客觀報導」、「綜合報導」、「解釋報導」、「深度報導」進展到「調查報導」，而調查報導已「大抵相當於報導文學的題旨了」，於是，「新新聞學」應運而生，而新新聞學是「新聞界邁向正式文學的一個紀念性的階梯」。不管是解釋、調查，其必須立足於眞實的材料之上是毋庸置疑的，如果只是浪漫的玄想，或是情感的抒發，就不能算是報導文學了。

鄭明娳將報導文學分成直接經驗的報導文學與間接經驗的報導文學兩類。前者又可稱之為經驗式報導文學，後者則可稱為考證式報導文學，但「兩者都需透過客觀資料的剪裁處理和佐證」；胡風也說「速寫」的特徵之一是「它不寫虛構的故事和綜合的典型，它底主人公是現實的人物，它的事件是實在的事件」；而茅盾將「報告」與「小說」加以比較後指出，「報告」是「注重在實有的『某一事件』和時間上的『立即』報導」，強調的正是時效與眞實。

韓韓的報導作品大部分都是混合經驗與考證下的產物，以〈滄桑歷盡——寫我們的北海岸〉一文爲例，全篇有她個人的走訪實錄，也有歷史沿革、地理專業知識的講解，使這篇痛斥國人破壞海岸線的文章充滿理性與感性，深具動人的力量，如以下一段的描寫：

> 在一個炎炎烈日，氣溫高達31度的初夏，我揹著相機和記事本又跑了一趟北濱公路。四月尾的海灣，山坡上開滿了月桃花，黃白的花蕊，枝枝下垂，煞是美麗。可是，一路上，我的心卻一刀刀被割成片片了。
> 人到和美（蚊子坑），海邊的景象，簡直令人不敢置信——幾部怪手，一字排開，舞動著它的巨掌，正隆隆轉動它的軀體分秒不停的挖著。海蝕平臺上抽水馬達嘟嘟地響起，敲石的鏘鏘一鎚又一鎚，原本綿延數里，美麗之極的海蝕平臺，現在已面目全非，滿目瘡痍。水泥堆、土堆、沙石、帳篷……

這是韓韓親眼所見的實錄，使得這篇報導更具說服力。除此之外，她也不忘提到清代范咸編纂的《重修臺灣府志》、連橫的《臺灣通史》，來對比今昔之間令人慨歎的轉變；至於有關北部豐富的地形景觀，作者也詳加考述，指出「要產生像東北海岸這樣明顯海蝕的地形景觀，它必須同時擁有一萬年前的海蝕作用，新世代的地殼運動，山脈地質構造及地層延伸與海岸呈垂直走向，夏秋颱風……東北季風，地形雨，夏季高溫……種種缺一不可的因素，才會造成如今海岬海灣凹凸變化激烈，風景如畫的北海岸地形。」類此地理專業知識的介紹，強化了其眞實性，也使作者的喟嘆不是個人情緒的發抒而已，這正是這篇報導成功之處。

㈢文學性

前述高信疆所提到的「新新聞學」── 臺灣報導文學理論的根基，它的特色就是可以容納一切可能的形式，時空跳接的手法，第三人稱的敘述，對話體，細部描寫，心理刻畫，個人感覺等，都是可能的。這正是文學質素向新聞報導滲透的發展，也就是高氏所謂的「向文學借火」。周行對報導文學必須具備文學性有一段精闢的見解，他說：

> 報告文學顯然不是一般的新聞報導，它是文藝的一種新樣式，雖說是特殊的，但總歸是一種文藝作品，不能完全脫離一般文藝法則的支配……報告文學不僅要正確地記錄、報告事實，而且還要文藝地去報告它……我們還必須指出，報告文學也有別於一般所謂純文藝作品的地方，雖然兩者並不根本對立。儘管它一樣要文藝地去寫作，但它的最中心的任務還是在於正確而迅速地報告事實。

他提到文學表現的重要，也不忘再次強調眞實性與時效性。袁殊的〈報告文學論〉也持相同的看法，他認爲，報告文學雖然必須如其名所示，把靈心安置在事實的報告上，但不能「如照相寫眞樣的，只是機械的攝寫事實」。林清玄在《長在手上的刀》一書序文中曾說：「報導文學雖然有報導的內容，更重要的應該是它文學的形式與架構，以及作者本身的理念與學養。」這些看法都說明了報導文學對文學性的強調。事實上，這些報導之所以有別於一般的新聞報導，正在於它的文學表現手法，使這些新聞成了文學，而能永久地散發出其動人的力量。

報導文學中的文學性，可以從其情節的安排、人物的塑造、場景的描寫、語言的運用等方面呈現出來。以林清玄的〈楊媽媽和她的子女們〉（收入《永生的鳳凰》，九歌出版社，1982年）一文爲例，描寫六龜山地育幼院院長楊媽媽和這些孩子們的故事，林清玄嫻熟運用他駕馭散文文字的經驗，爲我們描摹了一幅感人的溫馨圖畫。

文章開頭，從一本厚厚的育幼院戶口名簿、上面記載了一百二十幾位孤兒的生辰年月寫起，切入點就很有吸引力，然後我們看到孩子們在院裡嘻笑玩耍的歡樂情景，接著才在這種氣氛中介紹主人翁楊媽媽上場，很有文學的鋪陳、懸疑效果。且看他是如何描述：

> 從窗口望出去，小孩子們正在窗外熱烈地玩著跳繩的遊戲……
>
> 風景從窗外湧入，笑聲與户口名簿衝擊著我，使我禁不住踱到窗口，我想著，是什麼把這些辛酸的身世化為笑聲？是什麼使這些無恃的孤兒能生活在如此優美的環境？是什麼使户口名簿上的零碎記載凝結成一股溫暖的願力呢？
>
> 是楊媽媽，楊媽媽是育幼院的院長，從她手中疼惜著拉

> 拔長大的孤兒不知道有多少，她是那樣謙和、坦誠而充滿熱力，她是個「博愛」的化身。

接著，林清玄向我們介紹了楊媽媽的身世，如何與她的先生楊熙牧師帶著24個孩子跋山涉水遷居到這個荒涼的土地上，如何克服水急、颱風、交通不便、照顧孩子的種種艱辛，從一間茅草屋到有水泥大操場的完善育幼院的漫長歷程，確實是一篇充滿人性之光的優美散文，也是刻畫深刻的傑出報導。在人物塑造上，他通過一些小故事的回憶，強化了楊媽媽性格的鮮活性；在情節安排上，他從小孩的故事寫起，慢慢帶領我們進入楊媽媽的心靈世界，不僅有完整的故事情節，而且生動曲折，引人入勝；在環境描寫上，全篇烘托出一種明亮、樂觀的環境氛圍，孩子的笑聲已淹蓋了他們悲苦的身世；至於語言的運用，從上述所舉的片段，我們可以看出，作者對所描述的人、事、物，不僅是切實的，也是形象的、生動的。

總之，透過報導文學作者對語言文字的精心處理，人物情節的巧妙安排，無疑增強了作品的文學色彩與藝術感染力，而這也正是新聞報導與文學報導的不同處，以及報導性散文的特色與價值所在。

㈣批判性

報導性散文以其親臨現場，挖掘問題，忠實反映當代周遭人事物的本質，往往能與時代社會的脈動緊密相連，這也就是瘂弦所說：「報導文學應反映眞相，表現社會脈動與時代的顏色」，而在挖掘、反映的過程中，作者的價值判斷、道德操守、思想觀念與專業訓練等，都會同時灌注到他的報導客體與文學表現上，這時候，無可避免地，具有人文關懷精神的批判特色就會顯現出來。這是報導性散文非常重要的一個本質。

批判精神，是懷抱熱情卻冷靜說理，是指出問題，表達意見，提供思考點。這個社會實際上仍有許多角落依舊照不進陽光，得不到關懷與照顧，報導文學作家雖然只是將事實呈現給讀者，不企圖解決問題，但其本身的行動即是人文關懷的具體表徵，他對問題的態度也會在字裡行間流露出來。這種或顯或隱的批判性格，在爭取採訪時效、力求材料眞實、以文學筆法報導的同時，它就已經無處不在地發揮其影響潛質，而使作者在下筆時能從人性的基礎出發，以人道主義爲使命，也使讀者在閱讀時，既有感性接納，又有理性思考。這種關懷不是憐憫、同情，而是愛的實踐。它不以揭瘡疤爲能事，而以尊重生命、認同眞理爲鵠的。缺乏了這種精神，報導文學的價值與意義都將大大減損。

古蒙仁在〈桑田一夜成滄海——「九三」水災紀實〉中，針對嘉南地區洪水爲患的災情實況有第一手的生動報導，在文末，他如此沉痛地呼籲道：「到底這次的巨災是如何造成的？三個水庫的洩洪有沒有關係？高速公路是否阻擋了洪水的排洩？堤防護岸的整修維護是否有不當之處？有關當局一個個推得一乾二淨，誰也不願承認他們的過失，實在令人齒冷」；當世人以「賣肉」、「賣身」來看待醫院裡的「血牛」時，陳銘磻寫下〈賣血人〉，著力於對人性與職業的敬重，省思其黑暗與光明面；李利國的〈加工區女工的世界〉，不僅探討這群女工的待遇、工作環境與情感等問題，他也以感同身受的心情，指出「她們所需要的，不只是薪資的提高，還有超過物質滿足的來自社會的關切認同與尊重」，他也呼應了她們要求不用「女工」一詞的心聲。此外，或提倡環境保育、古蹟維護，或關心原住民的處境、下層民眾的悲苦，或是探討青少年問題、各行業的甘苦等，他們出自理性思索、源於尊重理解的人文關懷精神，總是能在一篇篇的作品中閃現出可貴的人性之光、人情之美、人生之愛，這種以人文關懷爲基點的批判性格，使報導性散文因此有了獨特的人文風貌與更高的社會價值。

第三章

現代散文的藝術構成

第一節 題材的選定

一、現代散文的題材有哪些？

一篇動人的文學作品，必須具備內容充實、形式完美這兩大條件。所謂內容，即作者透過題材所顯示出的一種主題，它涵蓋了作者個人的思想、情感、經驗與人生觀，也包括了作者所處的時代與社會環境等。內容的貧乏或充實，取決於作者對題材的選定，而題材的來源，又取決於作者的慧心。至於形式，指的是寫作技巧的問題，如結構的安排，文采的修飾，文句的長短，聲律的諧和，意象的塑造等，都是屬於文章的「外在美」。兩者如能兼備，則「文質彬彬」，渾然可誦，如若不能，則內容比形式更爲重要。與其在形式修飾上花時間，不如在內容題材上用心思。一篇內容出色的文章，即使文字樸拙，結構平凡，也一樣可以打動人心。

題材的選擇，主要來自於個人的切身經驗，以及外在資訊的提供，包括閱讀、與人交談等。其欲傳達的主題、意識、見解，往往因個人的才情、思想不同而有境界高下之別，這一部分需長期積累學養，無法速得。但在形式技巧上，則較有途徑學習，例如多讀優秀作品，揣摩其技巧的運用，或者閱讀相關技巧理論的書籍，兩相研讀，當可得其要領。不過，技巧往往「易學難工」，生硬的套用並不可取，唯有不落痕跡，形式與內容完美結合，渾然一體，方爲佳作。散文的題材，可以說是擁有最大的馳騁空間，這是它的優勢。當作者在創作時，必須對各式各樣的素材，加以篩選、取捨、安排，這之間須有作者的心靈巧思，一如手藝高超的廚師在烹調佳餚時對材料的選定、處理一樣。所謂觸景（物）生情，或藉景（物）抒情，這裡的「物」正是指具體材料而言。因此，有了好的素材固然可喜，如能獨具慧眼地加以選取、提煉，會使原本散漫的素材有生動的組合，平凡的素材中露出耀眼的明珠，所謂「披沙揀金」，正是散文作者在選材上要努力經營的目標。

過去一般作家所經常採用的題材很多，日本學者兒島獻吉郎認爲主要可分爲感情和理智兩類（《中國文學概論》）：記敘性、說明性、議論性的文字屬於理智的內容；而抒情性、寫景性的文字屬於感情的內容。方祖燊〈文學的內容與題材的處理〉（收入《散文結構》，蘭臺書局，1970年）一文，將題材分成戰爭、宗教、人生、自然、社會、愛情、歷史、學理等類；李樹平主編的《中國散文精品分類鑑賞辭典》（南京出版社，1992年），則分爲天象、時序、山水、風光、動物、植物、建築交通、器物、節日、人生、親情、愛情、鄉情、友誼、挽悼、生活情趣、歷史、愛國、理想道德、學習等多種。由此可見，散文的題材眞是已達無處不到的地步，一切所知所感，所見所聞，都有可能被取來作爲散文的題材。

二、現代散文的選材藝術

現代散文在題材的選定與處理上，有三個特點：

㈠自由中有精嚴，日常中見新意

自由、廣闊，是現代散文在選材上的第一個特點。林語堂說：「宇宙之大，蒼蠅之微，皆可取材。」正是道出散文取材範圍的廣闊，揮灑游刃的自由。不論天下國家大事，還是市井瑣聞，家庭細故，個人感懷，只要有感有思，都可藉由「即興之筆」來抒發、表達。和其他文學形式相比，散文並無定式，只要有深刻體驗、生活感受，都可以運用適當的形式靈活自如地加以藝術性的經營。

然而，散文的題材寬廣，並不表示任何性質的身邊瑣事、衣食住行都可以作爲散文的題材，最重要的是要有作者的慧心、寫作角度，通過作者的觀察與思考，從一般素材中找出最具典型、最有表現力的材料，推陳而出新。從寬廣的素材中，選取最精當的材料，加以分析、過濾、取捨、提煉，然後才下筆，於自由、散漫中見出作者的匠心，精心獨運，這才是對題材的正確認識。

朱自清對另一位散文作家孫福熙的一段稱許，可以看出選材的重要：

> ……孫先生收藏的本領真好！他收藏著怎樣多的雖微末卻珍異的材料，就如慈母收藏果餌一樣；偶然拈出一兩件來，令人驚異他的富有！其實東西本不稀奇，經他一收拾，便覺不凡了。他於人們忽略的地方，加倍地描寫，使你於平常身歷之境，也會有驚異之感。（見〈山野掇拾〉，收入《你我》一書）

所以，不要認爲常用的素材就一定不能再運用，關鍵是能不能從平凡、細微處，挖掘出人們所忽略的、能悅人心目的新意，而不是一再的炒冷飯、因襲。大陸散文研究者佘樹森也曾對此有精當的看法，他說：「在選材上，散文家們彷彿是掌握了『點金術』一般，他們選取的是『鐵』，是『石』，而從他們筆底流出的，卻是閃光的『黃金』，晶瑩的『寶玉』。這種『點金術』，就是作者對生活的淪肌浹髓的感受，以及深刻獨到的思想。」換言之，散文作者應該從自己熟悉的題材、感動的題材下筆，如此才能揚自己熟悉之長，避自己陌生之短。

以散文見長的林清玄，有許多充滿情思的小品文，如《玫瑰海岸》、《金色印象》等，都很耐人咀嚼。以《金色印象》（自立晚報出版，1984年）爲例，其題材都是日常生活中的平凡事物，在我們周遭俯拾即有，但他的慧心使這些平凡的題材都成了精金良玉，如〈城市之雨〉一文，全文不過二百字，卻是具有新意的小品。開頭寫道：「我從來不能明白的說出，城市的雨前和雨後的風景有什麼不同，下不下雨，對城市好像沒有什麼影響。」這也是我們偶爾會有的感覺，林清玄替我們說出了這個疑問。接著，他回憶起鄉下田間雨後的風景：「有成群的剪著尾羽的燕子，蜻蜓從各個地方飛騰出來，溪水也流得極有興致，孩子們在田路上奔跑，到處是一片綠的光華，山和樹和草和人的心都洗過一個澡，有淡淡的香氣流動。」如此一對照，林清玄不禁感慨：「在城市，雨後的風景有時比雨前還要難堪，它永遠是個泥潭，雨也無力清洗。雨在城市，幾乎沒有意義。」這篇短文，其題材並不特殊，但作者卻能賦之以新意，讓我們醒悟到城市與鄉間的不同，而且，作者只簡單舉雨爲例，不海闊天空地漫談，很精嚴地以極短篇幅寫出主旨，這就是林清玄善於取材、且點鐵成金的結果。

㈡體物入微，小中藏大

散文的材料來自生活，來自人心，這是無庸置疑的，關鍵在於如何自五花八門的生活百態中提煉動人的素材，如何比別人有不同的體會、深刻的感悟，又如何將這份感悟、體會技巧地表達出來。因此，在選定、處理散文題材時，必須要能做到「體物入微」，而非泛泛之論；要使題材包孕豐富，小中見大，給人新鮮的驚喜。

夏丏尊、葉聖陶合撰的《文心》一書中，曾提示我們作文的好材料可來自於「觸發」的功夫。他說：

> 讀書貴有新得，作文貴有新味。最重要的是觸發的功夫。所謂觸發，就是由一件事感悟到其他的事。你讀書時對於書中某一句話，覺到與平日所讀過的書中某處有關係，是觸發。覺到與自己的生活有交涉，得到一種印證，是觸發。覺到可以作為將來某種理論說明的例子，是觸發……對於目前你所經驗著的事物，發見旁的意思，這也是觸發。這種觸發就是作文的好材料。

從觸發中進行較深入的思考、體悟，從一件小事中，聯想起其他相關的材料，加以有機的組合，自然能成一篇題材豐富的文章。創作散文，不必擔心「題目小」，不要以爲非寫宇宙人生的「大題目」不可，最重要的是在看似瑣細的材料中寓藏深刻的道理，從小見大，這才是處理題材的正確認識。例如描寫一座城市的特色，我們不必像資料簡介或導覽似的鉅細靡遺敘述，而只要能抓住它最富特色、最能代表城市的整個情貌和氣氛的材料即可。如此一來，即使我們寫的只是一枝一葉，一斑一點，讀者也能看到斑斕的全豹。寫城市如此，寫人物、事件也都可如此。

以郁達夫的〈故都的秋〉（收入《水樣春愁── 郁達夫散文精選》，陳信元編選，蓬萊出版社，1981年）一文爲例，他寫北平的秋天種種，將北方的秋景秋境，以北平一地爲代表，使讀者從北平一地看見或感受整個北方的秋天氣息，這正是以小見大。即使寫北平的秋天，他也是體悟深刻地只舉出槐樹、秋蟬、秋雨、棗樹等具代表性的事物來下筆，使我們很快就抓住了北平秋天的特殊況味。此外，他巧妙地將南、北方的不同特色也藉秋景的比較呈現出來，例如他說，江南的秋，「草木凋得慢，空氣來得潤，天的顏色顯得淡，並且又時常多雨而少風；一個人夾在蘇州上海杭州，或廈門香港廣州的市民中間，渾渾沌沌地過去，只能感到一點點清涼，秋的味，秋的色，秋的意境與姿態，總看不飽，嘗不透，賞玩不到十足。」但是，北方的秋就不一樣了：

> 在北平即使不出門去罷，就是在皇城人海之中，租人家一椽破屋來住著，早晨起來，泡一碗濃茶，向院子一坐，你也能看得到很高的碧綠的天色，聽得到青天下馴鴿的飛聲，從槐樹葉底，朝東細數著一絲一絲漏下來的日光，或在破壁腰中，靜對著像喇叭似的牽牛花（朝榮）的藍朵，自然而然地也能夠感覺到十分的秋意。

南方的秋，對郁達夫來說，無法賞玩到十分，但北平的秋，卻自然而然就體會到十分了。這種對比，讀者很容易就明白南北特性之不同。然作者的描寫並不僅止於此，他話鋒一轉，提到中外文人、文學對秋天的感受，指出中外詩人對秋天「何嘗有國別，更何嘗有人種階級的區別呢？」只不過，「中國的文人，與秋的關係特別深」，而「這秋的深味，尤其是中國的秋的深味，非要在北方，才感受得到底。」再回到北平之秋的主題上來。綜觀全文，從秋的氣氛談起，看似細微，卻蘊含了南北、中外的文風、地性，眞是見解獨到，且以小見大了。

㈢眞情實感，挖深織廣

現代散文的選材，如果要讓人讀來如親眼所見，親手所接，最好的方式是注意選取那些眞實、具體的好材料，用自己的眞情貫注其中，將內心眞實、強烈的感受表達出來，這樣自然能打動讀者的心，而與作者同悲同喜。具體的細節，眞實的情感，是處理題材的不二法門。如果沒有具體切實的材料，即使有再豐富的想像，美麗的虛構，也像是無根之木，搖晃空盪，不能服人，更難感人。所以，當我們在搜羅題材時，一定要挖深織廣，對人、事、物、景有具體的描繪，特別是在重要處的精雕細琢，更需要深入，才能給人可信、可觸的眞實感。題材的本身是無生命的，要靠作者的有情觀照，才能生靈活現，如在目前。

很多初學創作者，不知題材在哪裡，前已提到，從自己眞正熟悉的題材開始，因爲一定可以寫得深入到細節的描寫中；另外就是從自己感動的題材開始，因爲有眞實的情感，就已具備了最基本、也是最重要的成功因素。只要有眞情，又能在題材上具體而深入，自然就是好的散文了。

筆者從事報紙副刊編輯多年，在審稿工作中，往往被一些文采也許並不突出、卻充滿眞情實感的好文章所感動，而予以發表；相反的，有些人的文字修飾很美，但不誠懇，只是爲文造情，空洞的堆砌而已，這類稿件最後還是遭到退稿的命運。有一篇發表於1991年6月9日《中央日報》的散文〈禱〉，就是令我深深感動的文章。作者汪義麗女士是第一次投稿給我們，內容寫她面對自己那罹患不知名病症的女兒時內心的無助、徬徨，以及心力交瘁地後仍不放棄一絲希望的堅毅、愛心。沒有矯飾，只有眞情；沒有虛構，完全眞實。平實寫來，讓人淚水盈眶。

文中寫道，自女兒出生一年半以來，她每天都是在失望與艱苦的間隙中尋找一絲希望，因爲「你帶給我們的震驚，是從出生的那一天就開始了」。醫師告訴這對初爲父母的年輕夫妻說，小孩顱面有好幾處沒長好，面部明顯畸形，但他們遍翻資料都找不到這種病例，許多狀況一時也無法判斷，可能是唐氏症，可能是水腦……這些令人驚駭的名詞，把作者從充滿期盼的興奮中，驟然推入驚愕疑懼的深谷裡。從孩子誕生的第一天起，就開始一連串的治療、痛苦、折磨，而父母也黯然、不安、流淚地陪著孩子度過每一個生死交關的日子。下面的這段敘述就很令人鼻酸：

> 就這樣，我們展開了另一段艱苦的奮鬥。你因為插著管子，痰特別多，常為了一口痰咳得虛弱的你筋疲力竭。此外，身子裡隨時都會有些莫名的疼痛難受湧上來，讓你痛苦地低頭欲哭。而真正最折磨你的還是每天不定時的嘔吐。每次看你在腸胃的翻騰中奮力地想嘔盡一切，我們就覺得心酸不忍；為什麼這許多生命本質的悲苦，竟要你這不到七公斤的瘦弱身軀來承受呢？

面對悲苦，作者在擦拭了淚水之後，鼓起勇氣要陪孩子打這一場無奈的戰役，她內心深自反省道：「面對你這個似乎是無解的病，我們雖然在束手無策中憂心忡忡，但希望之火在我心底卻不曾殞滅。我覺得自己像在跟老天爺拔河，或者說，是跟現實生命的無奈拔河吧！我從不在意自己的力量多麼微小，只覺得在奮戰中，生命的張力不斷向外延展。在此之前，我從不知道『母親』這個角色，竟存在著那麼不可思議的潛能。」正因爲母愛的天性，椎心的體驗，全文在充滿著哀傷的氣氛中，仍不失一絲樂觀的想望，期待奇蹟的出現。因此，我們看到了一幕動人的情景：

> 有一次我帶你走進一座佛寺，看到大殿中觀音菩薩莊嚴慈悲的面容，我的內心霎時充滿了虔誠與嚮往，忍不住抱著你跪下，心中暗禱：孩子，我願意做你生命中的觀音菩薩，伴你度過重重苦厄，引領你走向光明慈悲。

我想，只要讀過這篇文章者，都會被文中的濃厚親情所感動，這是因爲題材本身的曲折感人。當然，作者傾注的眞情才是使題材散發光華的眞正原因。不是泛泛的感喟，而是生命本質的深層思考；不是吶喊式的濫情，而是發自眞誠的眞情實感。這是處理散文題材時應該要把握的基本原則。正因爲眞摯感人，這篇文章入選了九歌出版社的《八十年散文選》。

處於今日高度發展的多元時代，我們的生活較諸以往已更爲豐富多彩，這也爲現代散文提供了更加寬廣的題材範圍。一個散文創作者，面對廣大的世界，應該打開心門，放遠視野，勤於觀察，敏於思考，銳意搜尋現代生活中的新題材，追求新的審美情趣與思維方式，只要有獨特的感受、體悟與表現力，任何題材都可以有其新穎的生命力，而被寫成一篇篇美文佳構的。

第二節　結構的安排

一、結構的意義及其必要

所謂結構，是指文學作品中各個組成部分的有機排列。它是文學形式技巧的重要表現方式之一，也就是中國傳統文學理論中常說的「謀篇佈局」、「章法」。夏丏尊、葉聖陶合撰的《文心》中，將文章結構稱爲「組織」，他們說：「……某君要在多少大的一塊空地上蓋一所房子，那所房子必須有一間客室，一間書室，兩間臥房以及其他應用的房間，他託建築師替他打圖樣，建築師依著他的囑咐打成的圖樣，把他所需要的房間配置得很適宜，這叫作『組織』。……一篇文章猶如一所房子，每一節就同整所房子中的每間房間一樣，都應該有它的適宜的位置，所以，寫作文章必得講究『組織』。」寫文章一如蓋房子，如何使所有的材料得到最適當的安排，架構穩妥，不偏不歪，需要事前縝密的構思。

佘樹森在《散文藝術初探・自序》（福建人民出版社，1984年）中，對「結構」有一段形象化的說明，值得參考：

> 其結構，看來猶如散漫於沙石、草叢之間的山溪，曲、直、疾、徐、行、止、隱、現，自然賦形，似無結構可言，「只憑興感的聯絡」；然而撥沙披草觀之，亦不難發現其來龍去脈，秩序、聯絡。此所謂「似連貫而未嘗有痕跡，似散漫而未嘗無伏線」，「文無定法」，而法度自在其中矣。

這說明了結構的重要性，以及它的不同表現方式。且不論文章是如何隨物賦形，結構是如何隱曲含蓄，它終究有其基本規律可循，有其章法可探。

傳統文論中，要求一篇作品「鳳頭、豬肚、豹尾」；或是「起要美麗，中要浩蕩，結要響亮，尤貴在首尾貫穿，意思清新」（元代陶宗儀《南村輟耕錄》）都是指文章結構之重要。有人認爲，現代散文已不必如此重視結構，隨筆寫來即可，其實不然。在〈關於散文寫作——答《文藝知識》編者問八題〉一文中，唐弢、朱自清、葉聖陶對編者所提，散文是否可「從心所欲」地放縱寫去的問題，不約而同地都表示反對。唐弢認爲「即興下筆，自然可以從心所欲，但也並非漫無限制的」；葉聖陶也說：「總也要有個中心」；而朱自清則認爲它和論文一樣，也要「論域的縮小，論點的集中」。大陸學者徐治平的《散文美學論》（廣西教育出版社，1990年）中，也指出：「結構是一種美的造型，是各種藝術之所以能獨立存在、渾然一體的必要手段。」從以上的說法中，可以了解，結構的安排對一篇散文的經營而言是有其必要的。

二、結構安排的原則

結構安排的方式有許多種，但從中可以歸納出一些基本原則。夏丏尊、葉聖陶在《文心》中曾對此有所揭示：

> 組織文章的原則只有三項，便是「秩序、聯絡、統一」。把所有的材料排列成適宜的次第，這是「秩序」；從頭至尾順當地連續下去，沒有勉強接筍的處所，這是「聯絡」；通體維持著一致的意見、同樣的情調，這是「統一」。

這種說法和茅盾的意見大致相同，他說：

> 結構指全篇的架子。既然是架子，總得前、後、上、下都是勻稱的，平衡的，而且是有機性的。勻稱指架子的局部美和整體美，換言之，即架子的整體和局部應當動靜交錯、疏密相間，看上去既渾然一氣，而又有曲折。平衡指架子的各部分各有其獨立性而不相妨礙，非但不相妨礙而且互相呼應，相得益彰。有機性指整個架子中的任何部分，不論大小，都是不可缺少的。少了任何一個，便損傷了整體美，好比自然界中的有機體，砍掉它的任何小部分便使這有機體成為畸形的怪物。（見《茅盾論創作》，上海文藝出版社，1980年）

這裡的勻稱、平衡、有機的統一，與前引之秩序、聯絡、統一，都指出結構安排時，必須注意到基本的美學原則與藝術規律。形式段落安排要有秩序，要靠其間的線索聯絡，只要脈絡清楚、焦點集中，不臃腫蕪雜、雷同落套，它的統一感便自然會呈現出來。這三者重疊相關，構成一篇文章的組織架構。以下舉例說明：

㈠秩序

所謂秩序，是指題材排列上的適宜次第，這主要是指文章的開頭、中段與結尾的安排而言。在一篇文章的整體構思上，它也十分重要。如何安排層次與段落、過渡和照應，使文章有一種規律性、勻稱的美感，必須在下筆之前就要有所決定。大體而言，要呈現出結構上的秩序感，常用的方式有二：一是前後呼應，一是自然照應。不管如何安排，它的材料、段落，都依其主題的演繹而有先後、輕重、大小等秩序，而呼應與照應，則是呈現全篇結構秩序完整的常用技巧之一。

1.前後呼應

作者刻意安排，使文章的開頭與結尾在內容、文句上相互對應，產生一種有來有往，或是再次提醒、強調的效果，是為「呼應」。舉例來說，朱自清的名篇〈綠〉，開頭寫著：

> 我第二次到仙岩的時候，我驚詫於梅雨潭的綠了。

接著，他開始寫仙岩有三個瀑布潭，其中以梅雨潭最美，因為它「蘊蓄著這樣奇異的綠」，就「彷彿蔚藍的天融了一塊在裡面似的，這才這般的鮮潤呀」，經過一連串生動的描寫，我們也好像和朱自清一樣感受到那份醉人的綠，最後，他再一次呼應文章前面的讚歎說：

我第二次到仙岩的時候，我不禁驚詫於梅雨潭的綠了。

又如大陸作家汪曾祺的《五味集》（幼獅文化公司，1996年）中的〈昆明的雨〉一文，描寫他記憶中昆明的雨景、雨情，由於他曾在昆明西南聯大中文系讀書，因此，對於昆明，他有許多的眷戀，其中又以雨的情愫最深。文章以一幅觀於昆明的畫開頭，他寫道：

我想念昆明的雨。

然後，他接著寫雨季的楊梅、賣楊梅的苗族女子、緬桂花，與好友在西南聯大讀書時，有一次在雨中走進一家小酒店，喝酒，雨下得很大，他說：「酒店院子裡有一架大木香花……密匝匝的細碎的綠葉，數不清的半開的白花和飽漲的花骨朵，都被雨水淋得濕透了。我們走不了，就這樣一直坐到午後。40年後，我還忘不了那天的情味。」最後，他忍不住再次強調了自己的心情：

我想念昆明的雨。

以相似的文句，前後對照，作者有意將讀者從中段的各種描寫中拉回到起點，使人對內容有一種重新回味、或是強化印象的感受，產生迴環返復、圓潤璧合的美感。這就是善於運用秩序上的重複，使全文自然呈現出平衡、勻稱之感。只不過，首尾的文句雖相似，其給讀者的感受已大不同，當看了作者生動的描寫後，我們終於體會作者的深情，並發出和作者一樣的喟嘆、感動了。作者從不同的材料，不同的角度中，不離主線地加以有秩序的描寫、刻意的照應，使文章結構穩妥適切，寫來一氣呵成，讀來暢達如流水，靠的正是對材料的每一段落安排的用心。

2.自然照應

自然照應不像前後呼應那麼完整、清楚，但在文意的內涵上仍是珠聯璧合、相互關聯的。它的結尾是開頭文意的自然發展，也許是戛然而止，也許是餘音嬝嬝，看起來似乎無太大關聯，其實卻存在著內部的有機連繫。這種照應方式，也有其結構上的秩序感。例如林文義的〈沉靜的八里鄉〉（收入《撫琴人》，九歌出版社，1987年），寫他一次八里之行的見聞感想，文章開頭寫著：

> 渡船緩緩的離開岸邊，船底尾舵下的槳葉猛烈拍擊著渾濁的河水，白花花的水沫灑進艙裡，一個本來是閉眼養神的老婦人悚然顫慄，被驚嚇的樣子。

然後，他描述自己看到的八里海岸：原本很美麗的淡水河兩岸，如今卻被工業廢水及家庭污水日日夜夜地毒害著，長堤下都是堆積的廢棄物，海水浴場附近的廟裡，人聲鼎沸。最後，他來到收容低智能、蒙古症孩子和無依老人的「樂山療養院」，那裡「寂靜得沒有一絲聲音」，他「很怕自己這個突然闖入的人，會破壞了這裡的靜謐」，但他還是打擾了這裡的清靜。文章的結尾，他寫道：

> 真的是不該來打擾這片清靜的，我不禁有些自責了。
> 轉頭走回來路，我這個沾滿一身塵埃的人，內心竟然異樣的抽痛起來；這片紅塵的糾葛，這沉靜的八里鄉。

這和文章開頭似乎沒有什麼照應，然而實際上他以那位原本閉眼養神（清靜）卻被驚嚇的老婦人，象徵原本沉靜的八里鄉卻被破壞（包括廢水污染、進香團的吵雜人聲，以及作者自己的突然造訪療養院）。因此，這篇散文的開頭、中段、結尾，都經過妥善的設計，而結尾更是從開頭幾經起伏後，對全文所做的自然的照應。作者一路寫來，循著時間的先後，空間的轉移，讓讀者進行一次完整、秩序的閱讀經驗。這種照應雖不明顯，卻仍有其脈絡可循，這就是結構上的一種有機的秩序感。

㈡聯絡

至於聯絡，是指文章中各個環節之間的連繫。古文中所說的「起承轉合」就是一種「聯絡」。如何將所有材料進行一種有機的組合，賦以主線，焦點集中，靠的就是牽住線索的功夫。可以以情節爲主線，以思維爲主線，也可以時間推移、空間位置、物的變化爲主線。

例如蔣勳的《萍水相逢》（爾雅出版社，1985年）中的一篇〈一個老人〉，就是以情節爲主軸，連繫全文。文中敘述作者住在巴黎東北郊一處偏遠地區，有一天，他沿著附近的一處墓地的圍牆散步，並在石凳上坐下來讀書。突然一輛車馳過，並從車上摔下兩隻空酒瓶，就在他的腳前炸成碎片。他不以爲意，繼續看書。不久，一個佝僂的老人蹣跚地走來，低頭看著碎片，喃喃自語，然後費力地蹲下撿拾那些碎片。作者寫道：

> 我忽然覺得有些害怕，擔心這是一個寂寞得有點失常的老人，而這些玻璃碎片又似乎是很危險的東西，時時聽到這大城市的某些角落老人們在獨自死去，我便有了奇異而恐怖的聯想。

於是，作者起身準備離去。但當他剛跨出腳步，老人似乎自言自語地說：「這些該殺的東西，把酒瓶摔碎在這裡，孩子們如果在這裡玩，眞是很危險啊！」作者一聽，心中更感害怕，便急急走了。老人看他急急離去，便大聲斥罵起來：「你這該死的傢伙，把酒瓶摔在這裡，孩子們如果在這裡玩，你知道是很危險的嗎？」

文章至此，我們彷彿看到一個無辜者，被一位孤獨且有點恐怖的老人所嚇，看他倉惶離去的舉止，我們覺得有些好笑，並對老人敬而遠之。但是，故事的結尾是：

> 我更急地走了，他便用我所聽過最可怕的哭泣的聲音大叫著：「你們把我的孩子送到戰場上去死掉還不夠嗎？……」
>
> 我急急地沿著墓地的高牆跑起來，似乎為了抵抗他巨大的傳送在空闊街道中的回響，也喃喃地自語起來：「這可詛咒的城市，這可詛咒的人間啊！」

這篇寓意深刻的散文，是以情節爲主線結構，有時間的次第，有聯絡全文的「物」──酒瓶碎片，完整敘述了一個老人的悲劇。從最後作者的自語中，我們也看到老人的情緒對作者的刺激、反省與波動。從根本上說，散文的結構是一種情感的結構，而非情節結構，但是，在一些以敘事爲主的散文中，作者的情感已被組織在一定的情節之中，而其結構形式，也與小說類似，像蔣勳這篇散文，其構思就很像一篇極短篇小說。這種以情節、故事來聯絡全文的結構安排，也是現代散文中常用的方式。

將各個材料加以組織，使其呈現出一種秩序、統一感，靠的是作者純熟的聯絡功夫。朱自清的名作〈荷塘月色〉就是一篇以空間位置來連繫全篇架構的優美散文。我們只要將它各段的空間描寫拈舉出來就可明白：

> 沿著荷塘，是一條曲折的小煤屑路。這是一條幽僻的路——路的一旁，是些楊柳，和一些不知道名字的樹——曲曲折折的荷塘上面，彌望的是田田的葉子——月光是隔了樹照過來的，高處叢生的灌木，落下參差的斑駁的黑影——荷塘的四面，遠遠近近，高高低低都是樹，而楊柳最多。這些樹將一片荷塘重重圍住——樹梢上隱隱約約的是一帶遠山。

很明顯的，這篇散文是以空間位置為線索，連繫起作者的思想、情感，當他在經營這篇散文時，一景一物，都經過一番細心的佈置，形成一幅縝密嚴謹、井然有序的荷塘月色圖。作者一開頭寫晚上在自家院子裡乘涼，忽然想起了荷塘，而結尾則是在荷塘沉思、散步，「猛一抬頭，不覺已是自己的門前」，這空間的轉移，十分自然而不落痕跡，前後也自有其完整的照應，因此，在結構上，既有其生動的聯絡，又有巧妙的呼應，難怪是新文學史上膾炙人口的美文佳構。

其他以時間、物、思維等為線的聯絡，限於篇幅就不再舉例。

㈢統一

談到「統一」，主要是靠前述之「一致的意見」、「同樣的情調」來營造的。在結構上，必須注意到整體的氣氛、勻稱的組織。雖然散文所表現的，常常只是一些思緒的片斷，但彼此之間，因聯絡謹嚴，井然有序，不僅在主題傳達上前後一致，就是字裡行間的安排、構思，也要相輔相成，才能形成統一的格調，而使文章四平八穩，或是焦點突出，給人一種完整的印象，並從中感知作者的才情與用心。也就是說，聯絡、秩序，是「統一」的不二法門，散文結構的安排不能不考慮到統一性的塑造。事實上，只要是傑出的散文，應該在結構上自然都會具備有以上三種特性。

限於篇幅，在此僅以一篇簡媜寫的〈月牙〉（收入《只緣身在此山中》，洪範書店，1986年）爲例說明。這篇精緻、短小的散文，全篇以月爲主線聯絡，敘寫一夜無眠，看月感興的心境，靈動超凡，很見才情。起首幾句就引人遐思：「山中若有眠，枕的是月。夜中若渴，飲的是銀瓶瀉漿。」自問自答，將山中月色之美形象化地勾勒出來。接著，作者對月產生諸多文學上的豐富聯想，虛實之間，讓人產生一種夢境般的迷離幻覺：「那晚，本要起身取水澆夢土，推門，卻好似推進李白的房門，見他猶然舉頭望明月；一時如在長安。」李白、長安、月，這些名詞營造出如夢似眞的情調，使作者自然地產生以下一連串的想像：

月如鉤嗎？鉤不鉤得起沉睡的盛唐？
月如牙嗎？吟不吟得出李白低頭思故鄉？
月如鐮嗎？割不割得斷人間癡愛情腸？

有秩序的排比，相似的句法，井然有序中說的卻是最自由、最無章法的漫天聯想。這些質問，得到的答案當然只能是一輪皎月，無言以對。因此，作者感歎道：「唉！月不曾瘦，瘦的是『悠哉悠哉，輾轉反側』的關雎情郎。月不曾滅，滅的是諸行無常。」換言之，一切對月的聯想，其實都是人心的投射，非關明月。明月不曾改，變的都是人情世態。頓悟之後，作者心中又是一片清明：

山中一片寂靜，不該獨醒。

推門。

若有眠，枕的是月。

結尾以相同文句，與開頭相呼應，給人迴環對照的完整感受，正是結構上的秩序之美、統一之美。形式如此，內涵的表現亦復如此。獨醒的人，看月，在游離了之後，回到現實，再看月。雖然以同樣的句子收尾，但我們知道，開頭的是疑問，結尾的是領略。彷彿是經歷了一段短暫的「見山見水」的生命歷程，讓人擊節，讓人神會。

這篇散文的意境，與東坡的名作〈記承天寺夜游〉相似，最後東坡說：「何夜無月？何處無竹柏？但少閒人如吾兩人者耳！」這相同的心境感受，透過簡媜的文筆，我們又領受了一回。而她對月的理性思維（雖然是以如此感性的文字呈現），也可在東坡的〈前赤壁賦〉中找到線索。東坡認為，世間萬物，如果「自其變者而觀之，則天地曾不能以一瞬；自其不變者而觀之，則物與我皆無盡也。」所以，江上清風，山間明月，是造物者的無盡寶藏，我們儘管享用，何必自墜紅塵，自尋煩惱呢？

簡媜此文，有前後呼應，有秩序的安排，有完整、統一的情調、意境，以月為線，聯絡全篇，建構了一篇富結構之美的散文佳作，值得細細品味。

第三節　描寫的手法

「描寫」是文學創作的基本藝術手法之一，指作家運用形象化的、富有情感的語言，具體生動地再現人物、事件、環境的多方面面貌和特徵。鄭明娳依其呈現方法的不同，將描寫分成正寫、側寫、綜寫三大類。她認爲，描寫的方法「可以開宗明義、直截了當向讀者介紹，也可以轉彎抹角、婉曲含蓄向讀者暗示。也可以一部分直接透露主旨，一部分暗藏玄機，兼重字義與寓意的傳達」。直接了當的就是正寫，轉彎抹角的就是側寫，兩者兼有的則是綜寫。

鄭明娳的說法是就描寫的方式而言，也可以稱之爲「直接描寫」（即正寫）、「間接描寫」（即側寫）、「概括描寫」（即綜寫）。如果以對象來分類，則可以分成人物描寫、環境描寫（自然環境與人文環境）、事件描寫三種。在創作過程中，描寫常常與敘述等手法結合運用，以塑造藝術形象。

此外，如果我們從作者在描寫風格上的細密、渲染，或者簡練、樸實來看，又可以分成細描與白描兩類，彷彿繪畫上的工筆畫與潑墨畫，一精一略，各具風格。

以下分別對直接描寫、間接描寫與概括描寫，以及細描、白描做進一步的說明。

一、直接描寫

直接描寫，亦稱正面描寫，對人物的形象、心理、言語、行動，或是外在環境、氣氛作直接的描繪，讓讀者直接感知人物的言談舉止，音容笑貌，或是環境的規模、事件的氣氛等。它不用迂迴的方式，使文章中所描寫的對象成爲描寫的旨趣所在。例如姚宜瑛的《春來》（大地出版社，1992年）中的一篇散文〈陽光走過〉，寫母女連心的親情，宛如陽光一般永恒不變：

暖和的陽光，緩緩的在我們身上游動，是歲月無聲的腳步，妳的臉浴在陽光之中，似蒙上一層薄薄的金粉。媽

> 媽，妳倦了，微垂下眼，睡了。我依著妳，仔細的看著妳，妳的臉如新生的嬰兒，一片寧靜和安詳，彷彿是妳最想念老家的湖水，在巨宅高樓後窗下，日日寧靜如睡。突然，我有了新的想法，母親現在享有的正是人生最難求的忘我境界，所有的悲苦得失都已讓歲月沖走，妳是一片遼闊的原始叢林，浴在開天闢地的金色陽光之中。

這一段描寫母親安睡的情景，直接地從其面容下筆，湖水、陽光、叢林、新生的嬰兒，都是作者對母親的正面感受。母親一如陽光，而陽光正照在母親的臉龐上。描寫具形象化，毫無掩飾地呈現出作者深摯的人子情懷。

謝明錩的〈都市農夫〉（載1985年《皇冠》雜誌8月號）描敘一位名叫阿星的朋友，二十來歲，卻「常常戴頂斗笠，捲起褲腳，在烈日燃燒的樓頂，用汗珠來灌溉一片荒蕪，而且一待就是一整天。」他經營的是水泥地上的「田地」，數以百計的盆花，蓊蓊鬱鬱，爲那幢原本破舊不堪的公寓，增添了許多生氣，因此，作者便稱他爲「都市農夫」。對阿星的舉止，作者始終不解，因爲他「長得俊挺瀟灑，又是臺灣大學的高材生，在人群中總是萬眾矚目的焦點，而阿星全然割捨了這些，寧可獨自一人躲在頂樓，做一個被都市放逐的隱居者。」這個疑惑，一直到作者有一天突然看到他和他的花園時，才爲之一震，而完全改觀，甚至最後，「如今，那個『拈花惹草』的大男人，卻是我自己。」作者對那次的印象有如下的描寫：

> 就在這時，我看見一個農夫，戴著斗笠，撩起褲腳，蹲在一個方形的小土盒前。臂膀上湧著豆大的汗珠，膚色

像剛炒過栗子的乾鍋一樣紅。他孤獨而沉默，神情專注的用一根小指頭，逐一的在泥盒上，鑽進一排排整齊的小孔，然後握起手掌從拳眼中滾出一棵小種子落在洞中……動作優雅而俐落。……陽光溫柔的曬在他臉上，他閉起眼，像拉上一席透紅的窗簾，嘴角浮出一絲笑意。而那樣的笑，似乎是我所見過的，最滿足的一種微笑了，得意中更懷抱著一分期待。

從作者的觀察入手，農夫的外觀、動作、表情，無一不是直接地呈現在我們眼前。不轉彎抹角，完全是正面描寫，人物的形象、性格、特點，都清楚地刻畫，栩栩若生，這正是直接描寫的表現手法。

二、間接描寫

間接描寫，亦稱側面描寫，是一種烘雲托月的描寫手法，即對某一事物不做直接描寫，而是透過描寫其他事物對它的印象、感受，或者描寫它在周圍事物中所產生的迴響，以從側面間接表現它的情態和特徵。這種描寫手法，含蓄蘊藉，可引起讀者的聯想，使他們根據自己的生活經驗去補充、豐富作品所描寫的事物。由於不直接描寫，而是以側寫來烘襯主要的描寫對象，因此又可稱之爲「暗示性的描寫」。

以楊牧《山風海雨》（洪範書店，1987年）中的一篇〈戰火在天外燃燒〉內描寫颱風的情節爲例，作者一開始不直接描寫颱風，而是以一個小孩對空間的好奇，對遙遠海面下的世界的幻想起筆，他寫道：

在那個年代，幼稚而好奇，空間所賦予我的似乎只是巍峨和浩瀚，山是堅強的守護神，海是幻想的起點，從那綿綿不斷捲來的白浪和泡沫開始，稍遠處已經可以想像當然存在著一種洶湧的深邃，底下是陰寒黑暗的，有礁石，海草和游魚。

這些字眼堆砌出一種山雨欲來的壓迫感，不觸及對颱風的描寫，也與颱風看似毫無關聯，它只是重點出場的前奏而已。接著，楊牧話鋒一轉寫道：

我偶然放縱自己去勾劃海底的景色，但我更熱衷為自己創造一個遙遠的海面，在我們眼睛所不能企及的地方，水平線以外，不知道為什麼忽然大氣鼓盪，撞擊，震動，產生一種恁誰都不能抗拒不能抵擋的狂風暴雨……

至此，楊牧依然未寫到颱風的出現。但是這些氣氛的營造，暗示的語句，已讓讀者產生重點即將呈現的準備，果然，接著就是簡單的一句：「颱風來了」。透過間接描寫的手法，增添了懸宕、烘托的效果。然而，楊牧雖然說出「颱風來了」，但是他仍然不從颱風的正面落筆，而是著意於來臨前的種種徵兆、環境的異常等細節的鋪陳：

那風也不是夏日海邊習習的涼風，那風帶著一層鬱燠的氣息，甚至是溫熱的，但又沒有一點濕意。樹葉飄飄自相拍打，螞蟻在牆角匆忙地奔走，隔壁院子裡的公雞奇怪地和帶著小雞的母雞一起擠在雨廊下，很不安地東張西望，電線桿上的麻雀都不知道飛到哪裡去了。若是抬頭看後面的大山，你會發覺那山比平時更清朗更明亮，

> 樹木歷歷可數，蒼翠裡彷彿鍍著一層銀光。

不僅如此，他還進一步描寫小城中人們的變化：釘牢門窗、將曝曬的豆腐乳捧進屋內、商店提早打烊等等。然後，他才千呼萬喚地告訴我們：「颱風就要來了，呼——呼——颱風就要來了。」寫到這裡，颱風的眞面目依然未揭，但是我們已整個融入到作者所設計安排的情境中，和他一起期待颱風的出現。這正是楊牧運用間接描寫的成功之處。

三、概括描寫

概括描寫就是「綜寫」。散文的描寫，一般而言，應是正寫、側寫兼而有之。不管是以正寫爲主，還是以側寫爲主，整篇散文應把正寫、側寫鎔爲一爐而冶之較佳。例如林清玄的散文〈迷路的雲〉（收入《迷路的雲》，九歌出版社，1985年）的結尾，他躺在香港維多利亞山等看雲，回首自己漂泊的身世，正如一朵流浪、迷路的雲，不知所來，也不知所終：

> 夜色逐漸湧起，如藺一般的包圍著那朵雲，慢慢的，慢慢的，將雲的白吞噬了，直到完全看不見了。他憂鬱的覺得自己正是那朵雲，因為迷路，連最後的抗爭都被淹沒。
> 坐鐵軌纜車下山時，港九遙遠輝煌的燈火已經亮起在向他招手，由於車速，冷風從窗外摜著他的臉，他一抬頭，看見一輪蒼白的月亮，剪貼在墨黑的天空，在風裡是那樣的不真實，回過頭，在最後一排靠右的車窗玻璃，他看見自己冰涼的流淚的側影。

黑夜將白雲吞噬，看見一輪蒼白的月亮，而且很不眞實，因爲貼在墨黑的天空等，都是襯托心境的側寫，使最後直接的描寫：「流淚的側影」，也和月、雲融揉在一起。這段文字中，有心境的直接告白，也有情境的暗示、襯托，可說是上乘的綜寫。

四、細描

細描是運用細膩的筆觸進行詳盡的描繪，對描寫的對象加以渲染和鋪陳，有如鏤金錯彩，綺麗華美。作者宛如一位細心觀察的雕刻家，從許多不同的角度、不同的筆法，慢慢的勾勒描繪，讓讀者彷彿親見其人、其景。不論是心理、景物、外形，採用細描手法，可以見其深，入其微，而讓描繪的對象呼之欲出。細描之功，要做到精巧奪目，細緻動人，並不容易，它需要高超的文字驅遣能力、獨到的環境觀察及深刻的人生體驗，才能免於賣弄辭藻之弊。

徐志摩〈我所知道的康橋〉一文中，就有許多段落採用細描的手法，如他對康河四週景物的描寫：

> 順著這大道走去，走到盡頭，再轉入林子裡的小徑，往煙霧濃密處走去，頭頂是交枝的榆蔭，透露著漠楞楞的曙色；再往前走去，走盡這林子，當前是平坦的原野，望見了村舍，初青的麥田，更遠三兩個饅形的小山掩住了一條通道。天邊是霧茫茫的，尖尖的黑影是近村的教寺……村舍與樹林是這地盤上的棋子，有村舍處有佳蔭，有佳蔭處有村舍。這早起是看炊煙的時辰，朝霧漸漸的升起，揭開了這灰蒼蒼的天幕，（最好是微霰後的光景）遠近的炊煙，成絲的，成縷的，成捲的，輕快

> 的，遲重的，濃灰的，淡青的，慘白的，在靜定的朝氣裡漸漸的上騰，漸漸的不見，彷彿是朝來人們的祈禱，參差的翳入了天聽。

這眞是一張清晰、有條理的康河導覽圖，我們隨之而行，與之共遊。徐志摩對景物的描繪充滿了詩人的細膩感受，對炊煙的描寫更是典型的細描，難怪這篇散文會流傳不絕，讓人愛不釋手。

朱自清在《你我》一書的〈山野掇拾〉文中曾指出，散文作者「於一言一動之微，一沙一石之細，都不輕輕放過！……他們不注重一千一萬，而注意一毫一釐，他們覺得這一毫一釐便是那一千一萬的具體而微——只要將這一毫一釐，正和照相的放大一樣，其餘也可想見了。」所以，散文作者「於每事每物，必要拆開來看，拆穿來看；無論錙銖之別，淄澠之辨，總要看出而後已，正如顯微鏡一樣。」這段話正說明了細描的必要。只要是文章關鍵之「細」，作者就應不惜精雕細琢來處理。

當然，粗細之間要如何結合，如何找出文章中的關鍵之細，如何既有細琢細磨的精細，又有「銀鉤鐵劃」之疏朗，是散文描寫藝術的一大課題。郁達夫就說：「細密的描寫，若不愼加選擇，巨細兼收，則清字就談不上了。」（見〈清新的小品文字〉）所以，若能抓住事物的特點集中描寫，即使其餘地方只是輕描淡寫，也能讓人感受到整體的情貌和氣氛。例如夏丏尊的〈白馬湖之冬〉，雖然是寫冬天的情味，但作者完全集中在冬天的風上，因爲「風的多和大，凡是到過那裡的人都知道的。」因此，夏丏尊對在白馬湖的生活、讀書情形，只是幾筆帶過，但對風卻細描入微，如：

> 風從門窗隙縫中來，分外尖削。把門縫窗隙厚厚地用紙糊了，椽縫中卻仍有透入。風颳得厲害的時候，天未夜就把大門關上，全家吃畢夜飯即睡入被窩裡，靜聽寒風的怒號，湖水的澎湃。

類此對風的描寫還有幾段。這些對風的細描，使我們對他在白馬湖的冬天感受，有了深刻的體會，正如他自己說的，讓我們產生了「蕭瑟的詩趣」、「幽邈的遐想」。這就是能將整體之粗與局部之細巧妙結合所致。因爲有局部之細，整體之粗就不顯得空泛；因爲有整體之粗，局部之細就不顯得繁冗。如何選擇「關鍵之細」下筆，值得散文創作者思考、體會。

五、白描

白描與細描等手法，不是散文所獨擅，像魯迅的小說就是白描的典範作品。只不過，正如佘樹森在《中國現當代散文研究》（北京大學出版社，1993年）中所言：「篇幅短小的散文，特別是那些紀實性的散文，如『筆記』、『散記』之類，其記人、記事、記物、記景時，常常使用白描的手法，不渲染，不誇飾，樸素簡潔，信筆而書，也別具一種風致。」在散文創作中，白描手法的運用，常考驗著作者對文字、素材的掌握。

白描的手法，是用最精練、最節省的文字粗線條地勾勒出人物的神情面貌，不假修飾，樸樸實實的描寫，只要抓住事物的特徵和神髓，一樣能夠寫得生動逼人，自有其簡潔、樸素之「本色美」，讓讀者可以在一種清澈、渾樸的藝術境界裡，領略到豐富、微妙的內涵。

老舍有一篇描寫農村生活小景的散文〈在鄉下〉，其中有一段寫著：

> 正在插秧的時候下了大雨，每個農人都面帶喜色，水牛忙極了，卻一點不慌，還是那麼慢條斯理的，像有成竹在胸的樣子。

簡單的幾筆勾勒，就把農人的生活與性格表露無遺。看起來作者並未著上顏色，卻給人畫意盎然的感覺，可說是白描的妙筆。

蘇偉貞的散文〈兩地〉（收入《歲月的聲音》，洪範書店，1984年），描寫兩岸隔絕下一個小人物的悲劇。隨軍來臺的「許叔叔」，一生最大的願望是「回老家娶未婚妻」，然而，他終究回不去，只有一張皮夾裡發黃的相片，「那是他的信仰，片刻不離，時常要抽出來看看」。後來，他打聽出未婚妻的下落，便不斷將自己的積蓄寄去，懷抱著一線重逢的希望。但有一天突然來了一封近房堂哥的信，告訴他以後不要再寄錢上當，他的未婚妻早在共產黨去了之後，就因被迫改嫁不從上吊死了。一輩子的盼望落了空，許叔叔最後選擇了自殺來結束無止盡的等待。蘇偉貞以童稚的眼光描述了這一個「連女主角面貌都見不到的愛情」，結尾對自殺一節用冷靜、平淡的描寫，卻給人深沉的震懾：

> 但是，一大早，那裡反常地圍了群人，我的同學好奇，看了回來說：「有人喝了整瓶農藥自殺死了。」
> 遠遠的，我看到父母親都在，便明白發生了什麼事；來了輛救護車，白被單蓋得老高，遮住了整張臉，我長久看著，知道一個悲劇英雄，當然只有以死結束。……
> 許叔叔養的小黑，吃了剩下的農藥，跟著去了。除了一些雜物，他沒有留下東西，但是，照片怎麼處理呢？

> 晚上放學回家，聽到爸媽正在講話，媽說：「氣都斷了，手上還緊緊抓著照片。」

沒有精細的刻鏤，只是淡淡地道來，給人許多自己的聯想，正如國畫中的留白，沒說出的地方，反而緊緊扣住了讀者的心弦。這種不加修飾的白描，其成功處全在於作者對事件重心的傳神掌握與表達，一篇樸實的白描文字，往往能夠顯現出一種更迷人的絢麗色彩和飛動氣勢。

當然，以上所說的各種描寫手法，必須因其寫景狀物、表情達意的實際需要，自由選擇，這樣，在散文描寫上，才能得心應手，意隨筆至。一個有志從事散文寫作者，應當要能靈活運用多種手法，既擅長白描，又精工筆畫，適時地採用直接、間接的描寫技巧，使散文的藝術感染性更多面、更豐富。

第四節　意象的塑造

所謂「意象」，是指作者的意識與外界的物象相交會，經過觀察、審思與美的釀造，成爲有意境的景象。內在之「意」與外在之「象」相互關聯，合言之即爲「意象」。它包括感官與精神二種層次的經驗。透過意象的塑造，作者所感受、體會到的抽象意念，可以具體而生動地傳達，讓讀者如同親見親受，增加作品的感染力。成功的意象，往往能引起讀者感情的聯想，而使文意豐富。因此，不論是創作或鑑賞，都不該忽略意象的適切掌握。

意象一詞，過去常被視爲是詮釋現代詩作品的專用術語，然而，它實不應僅止於用在現代詩的討論上。鄭明娳在《現代散文構成論》一書中，特列一章〈散文意象論〉，將意象用於對散文的分析鑑賞上；而李瑞騰的《老殘遊記的意象研究》一書（九歌出版社，1997年1月），更將「意象」在小說作品中的特殊意義與表現，做了直接而生動的範例說明。因此，不論是創作或鑑賞散文，如能對意象的塑造、運用有所了解，當能對散文藝術的經營更得心應手。

對於意象的類型，在此不擬討論，也無法一一細說，只以感官意象舉例說明，因爲這種意象的運用在散文中極爲常見，初學寫作者可由此體會散文的構思途徑，鑑賞一篇散文時也可由此角度做進一步的分析。另外，意象可以視爲是修辭的深度延伸，因爲意象的經營難免要使用到修辭學裡的修辭格，如象徵、隱喻、類比等，透過這些修辭途徑，往往能構成具體的意象。例如以火車旅行的起點和終點象徵人的生命旅程，則火車就可以產生一個意象，給人生命之旅的聯想；又如把自己轉化、比擬作一隻小鳥，嚮往天空的遨翔。這種修辭格的運用，就可以塑造出動人的意象。

鄭明娳指出，感官式意象是指「作者憑藉人類之感官特性而產生心象，直接投射在文字上所形成的意象；或者是作者內在之寓意寄託於感官的描述而產生的意象。」她將感官式的意象分爲視覺、聽覺、觸覺、嗅覺、味覺五種，這當然是爲了便於討論，事實上，一般散文中很少全篇僅有一種感官意象，而是多種呈現、混合運用的。

一、視覺意象

視覺意象是透過作者眼睛所見，再經內心的轉化而形成的意象。外在的景物，映照在作者心中，產生了屬於作者個人主觀的感受或看法，以文字描述出來。例如張曉風的〈畫晴〉（收入《曉風散文集》，道聲出版社，1989年），一開頭寫著：

> 落了許久的雨，天忽然晴了。心理上就覺得似乎撿回了一批失落的財寶，天的藍寶石和山的綠翡翠在一夜之間又重現在晨窗中了。陽光傾注在山谷中，如同一盅稀薄的葡萄汁。

作者的視覺所見，天藍，山綠，在作者的心中感覺有如藍寶石和綠翡翠，這是作者聯想後的意象。而陽光在藍與綠的調和後成爲紫色的葡萄汁，使我們感受到一種美的意象。這藍、綠、紫三色及其象徵的景物、作者的心境感受，羅列成一組視覺意象。又如大陸作家石在的散文集《戀戀西湖水》（漢光出版公司，1991年）中的〈一望秋江碧〉，描寫富春江的秋景，其中有一段寫著：

> 黎明，我在杭州南星橋碼頭跳上一艘剛下水啟航的、漂亮而寬敞的雙體客輪。這時，浮動在天際的是半空棉絮似的白雲，看去宛似一條大銀魚。當汽輪馬達伴著曙光開始震響的時候，忽見那銀魚突然幻變一條巨形金鯉，把天水都染紅了。開初，它浮游波面，金鱗奪目；轉瞬，沉入水中，隱隱約約。剎那間，一輪晨曦從東江口跳起，那魚兒立時逃逸了，隱匿在藍色的天水裡，天空的雲團化成朵朵碎片，悠然散去。

從「棉絮似的白雲」，到大銀魚、巨形金鯉，以及其後的種種描寫，都是作者對眼前所見之景，攙入自己的想像、體會，而把它具象化，成了一幅幅活潑、生動的美麗圖景。作者的感覺在其中，可說是出色的視覺意象的組合。

二、聽覺意象

聽覺意象是描摩聲音而產生的意象。聲音原本是外在所生，但入了耳，產生諸多情感的波動，勾起情緒的聯想，形成一些主觀的感覺，就成了聽覺意象。例如張恨水的〈蟲聲〉（收入《山窗小品》，上海雜誌公司，1946年），文中寫道：

> 蟋蟀一二頭，唧唧然，鈴鈴然，在階下石隙中偶彈其翅，若琵琶短弦，洞簫不調，倍覺增人愁思。

將蟋蟀的叫聲，與琵琶、短弦、洞簫相結合，形成生動的聽覺意象。當時的張恨水，蟄居於抗戰時期大後方重慶的山野茅屋中，除覺生活之艱辛、孤獨外，對於村中少數投機商人的驕橫甚感不滿，因此，文中的蟲聲就並不僅僅是蟲聲而已了。他繼續寫道：

> 然清明之夜，黎明早起，時則殘月如鉤，斜掛山角，朝日未出，宿露滿枝，披衣過橋，小步竹外，深草之中，微蟲獨唱，其聲丁丁，一二分鐘一闋，絕似小叩金鈴，閒敲石磬。妙在小，又妙在能間斷也。此非城市人所能知，亦莫能得此境遇，蓋造物以予草茅之士者耳。

這段描述，自披衣過橋後，我們也彷彿聽到了蟲聲。作者將它比擬作「小叩金鈴，閒敲石磬」，這種動態式的意象，使聲音頓時具體起來。而最後的感慨，更使讀者所聽到的，不再是自然界的蟲聲，而是融合著作者自身的淒懷愁緒的蟲聲了。這就是與作者心境相結合的聽覺意象。

三、味覺意象

味覺意象是描摩酸甜苦辣等滋味而產生的意象。這些滋味，可以是現實中的味蕾感覺，也可以是人生各種經歷的「五味雜陳」，兩者的結合，往往能使文章散發出另一種更耐咀嚼的味道。例如韓良憶的〈阿婆的祕密味道〉一文（原載1995年7月24日《中國時報》人間副刊），就有很多對味道的描寫，而且和自己的成長、情感雜揉在一起，使味道不只是阿婆那甜不辣攤位所散發的「各式各樣的香味」而已。正如「甜不辣」一詞本身所代表的味覺意象一般，作者寫出和「甜不辣」一起度過的美好時光。由於愛吃，作者開始嘗試自己下廚煮，但始終都不及兒時那家阿婆的甜不辣「有一絲說不出來的甜」，她加了柴魚片，「我盛了一小碗湯嚐嚐，果然比剛才有鮮味，是柴魚片調味的功勞，不過，還是少了阿婆攤湯頭特有的甜味。」一直到後來，她到一位朋友家吃關東煮：

> 剛入口，類似阿婆攤的甜甜滋味就流入唇齒間。我端詳鍋裡，有一切你可以想像到的關東煮材料，也有柴魚屑的蹤跡。但是，且慢，湯裡竟還飄浮著一粒粒紅色的枸杞子，原來那就是甜味的來源，我多年的疑惑一夕獲得解答。

作者在解開疑惑的次日，回到她成長的北投，然而，「阿婆的甜不辣攤，已湮沒在漫漫歲月中，她恐怕一直不知道，曾經有個小女孩，把向她擺在小街上的甜不辣攤報到，當成每週日午後的高潮盛事。」這個祕密伴隨她多年，那種味道也只剩下「甜」，讓她至今回味不已。「甜不辣」的味覺意象在這篇散文中得到很好的發揮。

林美琴的〈情人果〉（原載1995年10月29日《中時晚報》副

刊）一文，描寫一位「成熟亮麗」的女子，因對另一半的要求過於理想，以致當「與她並肩同行的男男女女一個個成家立業」，她卻仍「耽溺單身貴族優閒自在的高雅生活」，然而，時光終究不饒人，虛度了青春的她，最後也蹉跎了感情，於是芒果那「冰涼的酸甜滋味」，「令她刻骨銘心」了。此文生動地以情人果那又酸又甜的複雜滋味，來象徵愛情的滋味，可說是十分貼切的味覺意象運用。例如其中有一段描寫她初戀時，將與男友相處時的青芒果帶回家，徹夜調製情人果要給男友吃的情形：

> 她小心翼翼再將那些還沒有韌性的乾脆果肉切成如自己心事般細絲，如剛剛失眠時刻數不清的數目切片，嚐了一口，極度的酸逼得眼淚也氾濫，於是她以像眼淚一樣鹹的鹽巴柔軟青芒果的心，好使它易於入味，再用如甜話的蜜糖，技巧地掩蓋它的酸，費盡心思為本質酸澀的芒果青調出酸甜比例恰到好處、最爽口而意猶未盡的味道……

這裡把味覺意象的運用做了靈活的發揮，眼淚的鹹、芒果的青、酸、澀、蜜糖的甜，都巧妙地象徵了愛情的各種滋味。內心的情意，透過外在的動作、物的味覺特徵，使文章多了幾分曲折的美感而耐人尋味。

四、嗅覺意象

所謂嗅覺意象，是透過各種氣味所產生的意象。像司馬中原的〈印象〉（收入《月光河》，九歌出版社，1978年）一文，其中一段寫抗戰時的印象：

> 一年暮春，我坐在一個古老又荒廢的庭園裡，抗戰的烽火正盛，那座宅院幾被炮火夷平了，一角圮樓寂立著，懸空的雕花樓欄吱呀作響，到處都是碎瓦殘磚，而一庭的花木仍很蓊鬱，生機勃勃的自然是炮火難以征服的，有什麼力量能阻擋春天呢？我坐著只是坐著，天氣很晴和，一架木香花千朵萬朵那麼樣的開放著，一鼻孔濃濃郁郁的香。……戰地的春已預示出人心的嚮往。

最後一句是這一段的警句，也道出戰火下不屈服的人心意志。作者以花的開放、花的香氣意象，來象徵苦難即將過去，中國的春天很快就要來臨。這裡的花香是外在的「象」，而內心渴慕勝利的到來是「意」，二者作了藝術上的結合。

陳少聰的〈春茶〉（原載1988年10月8日《中國時報》人間副刊），寫的是一段珍貴如茶香四溢的溫馨友誼。作者的多年好友，得到肝炎猝逝，而在她死前一星期，她託人由臺灣帶了兩罐新產的春茶給在美國的作者，這引起了她們以前讀書時的種種美好回憶，特別是在溪頭喝春茶的情景：「我永遠也忘不了第一口茶香予我的驚奇。我們幾個喝著喝著，都變得沉默了，爲的是全心來品嘗春茶的甘美吧？抑或，茶香將我們醺醉了？」如今，作者在美結婚，有一位愛她的好男人，相對於她的坎坷命運，作者益發歔唏不已，因此，當作者的丈夫要打開來喝時，作者不免陷入情感的追憶中：

> 打開蓋子，一股甘醇的馨香，噴溢了出來。哇！好香，怪不得妳捨不得拿出來喝。他興匆匆地嚷著。我沒答腔，不好掃他的興，只顧默默地泡茶。

可以看出，那罐茶葉是兩人友情的見證，而那股「甘醇的馨香」不正是友情的芬芳嗎？嗅覺意象明顯而動人。

五、觸覺意象

觸覺意象是透過肌膚的接觸所產生的感覺意象，不論是冷暖、粗細、厚薄等均是。這種意象的運用在散文中也很常見。如謝霜天的〈那雙微溫的手〉（原載1981年4月5日《中華日報》副刊），描寫父親過世、她返家奔喪的情景，其中對父親的手有細膩的刻劃：

> 我不再害怕，像小時那樣，我伸手摸著父親寬闊光澤的額頭，高直的鼻樑，最後握握他的左手，令我吃驚的是掌心居然還略有餘溫！面對著這雙厚大而有修長、彎硬指甲的手，我不禁出神了。

讀完此文，就可以了解「父親的手」這個意象，貫穿全文，也象徵著父愛。而對父親的手的觸覺描寫，如厚、硬、略有餘溫等，均是父親一生勤苦、歷盡艱辛的縮影，而死後手掌尚有餘溫，正是父愛永恆的最佳注腳。這種觸覺意象的運用，使抽象的情感頓時具體且有力，打動了讀者的心。

林清玄的〈光之四書〉（收入《白雪少年》，九歌出版社，1984年）中有一節是「光之觸」，敘寫陽光對皮膚的炙熱觸覺，藉此說明了不同國家的地理、文化特質。如他寫埃及的經驗：「埃及經驗使我真實感受到陽光的威力，它不只是燒炙著人，甚至是刺痛、鞭打、揉搓著人的肌膚。」到了希臘，陽光已柔和許多：「我感覺希臘的陽光像水一樣的推湧著，好像手指的按摩。」至於義大利，那又是另一種感覺：「陽光像極文藝復興時代米開蘭基羅的雕像，開朗、強壯，但給人一種美學的感應，那時陽光是輕拍著人的一雙手，讓我們面對藝術時眞切的清醒著。」到了中歐諸國：「陽光竟有著種種變化的觸覺：或狂野、或壯朗、或溫和、或柔膩，變化萬千，加以歐洲空氣的乾燥，更觸覺到陽光直接的照射。」林清玄以陽光對身體的熱覺爲意象，比較了不同國家的特色，其對觸覺意象的運用可謂得心應手。

前面提到，將感官意象分成五類來說明，只是便於討論而已，其實幾種意象同時出現、運用，是普遍的情形。以朱自清的〈荷塘月色〉爲例，如其中一段寫道：「微風過處，送來縷縷清香，彷彿遠處高樓上渺茫的歌聲似的。」很顯然的，花香是嗅覺，歌聲是屬於聽覺，二者有著美感上的轉移。因爲在夜深人靜之時，二者都有一種飄忽、渺茫的美感，因此產生通感的現象。又如這一段：「荷塘的月色並不均勻；但光與影有著和諧的旋律，如梵阿玲上奏著的名曲。」朱自清從荷塘上的光和影，想像到小提琴上奏著的名曲的和諧旋律，這是視覺與聽覺的通感。感官意象的運用應該如此不拘一格才能生動。而類此將感官意象層疊出現，使文意豐富多姿的例子還有很多。

意象的塑造，本身就是散文語言藝術的結晶，它來自於轉義、象徵、類比、隱喻等修辭方法，因此，一篇散文，如能使意象突出，往往能留給讀者深刻的印象。正如一開始所言，作者的思想、情感在心版上釀造了一種「心象」，透過外在的「意象」表現出來，傳達到讀者的心裡。和上一章的描寫手法相比，意象的運用是更進一層的技巧，其藝術感染力也更具美學上的效果。

第四章

現代散文的新趨向

第一節 不同文體交融的新嘗試

現代散文歷經百年的實驗，在無數作家的心血耕耘之下，早已發展出獨特的藝術風貌，而與小說、詩、戲劇等並列爲文學的重要樣式之一。時至今日，現代散文不論在題材、類型、表現技巧上，格局均日益擴大複雜，而呈現出多元化的趨勢。散文作家陳幸蕙在編選九歌版《七十五年散文選》時曾說過一段啟人深思的話：

> 由於散文與人世相親、與生活格外貼近的特質，因此，仍是擁有較多文學人口的一種作品形式；被讀者接受的程度，似也超過了小說與詩，有其豐沛的生機性和繼續開拓發展的前瞻性。

這種生機性與前瞻性，在近幾年的散文創作中得到了印證，本章將分文體與題材兩個方向來探討散文的新趨向。當然，這些趨向都是已有不少作家在嘗試、開創後所建構起來的，事實上，散文一直是處於文字經營與推廓創新的實驗過程，也因此，散文這個看來相當龐大的老家族，其實波濤兼天而湧，流域寬廣，對於未來散文的巨浪風姿，也一直是引人屏息以待的。

在散文的新風貌上，不同文體的交融是其中極具特色的嘗試，也是值得散文創作者大顯身手的新穎場域。鄭明娳在《現代散文類型論》中曾提出「中間文類」、「變體散文」二詞，她說：

> 有些作者，嘗試把詩、小說、寓言甚至戲劇等，與散文同級的文類，拿來與散文結合，於是產生了中間文

> 類——一種居於散文和其他文類間的文類。這種詩與散文結合、小說與散文結合、寓言與散文結合等等的現象及作品，與其說是無法歸類的文章，倒不如說是作者突破傳統文類的新嘗試，也因此產生了新的文類。……他們以散文為母體，吸收其他文類的特色，又可稱為「變體散文」。

中間文類的誕生，表示散文作家欲突破類型界限的企圖。向其他文類借兵的結果，現代散文已具備愈來愈多的「混血」成分，而文類的定義也產生了模糊的模稜地帶。以余秋雨的散文集《文化苦旅》來說，其中的一篇〈道士塔〉被收入簡媜編選的《八十一年散文選》（九歌出版社），而另一篇〈信客〉則被收入雷驤編選的《八十一年短篇小說選》（爾雅出版社）中。又如許地山的名篇〈讀芝蘭與茉莉因而想及我底祖母〉，論者或以爲是散文，或以爲是小說，莫衷一是，可見有時小說與散文的界限確實難以一刀劃清。

楊昌年的《現代散文新風貌》（東大圖書公司，1988年）中，將現代散文歸納出詩化、意識流、寓言體、揉合式、連綴體、新釀式、靜觀體、手記式、小說體、譯述、論評等十一種新風貌，讀者有興趣可進一步參考。這十一種新風貌中，與文類交融有關的是詩化、寓言體、小說體等三種，其他或屬表現技巧，或是散文中的特殊結構，因此，這一節將主要介紹的中間文類是詩與散文結合的詩化散文，小說與散文結合的小說體散文，寓言與散文結合的寓言體散文三類。

一、詩化散文

詩是文學藝術中最精粹的表現，它講求濃美的語彙、新穎的句法、深密的意象、鏗鏘的韻律等，當它與散文一結合，自然構成散文世界中一個迥異以往且充滿潛力的新品種。楊昌年認爲，詩化散文的產生，「一方面滿足讀者對美感的要求；另一方面也能使作者高超勃發的才思慧感有更淋漓飛騰的展現，最最重要的是，使得主題中所傳達的思想情感，能有深刻的拓展和廣大的詮釋。」的確，由於詩人的紛紛投入散文領域，使得現代散文產生了一些改變，特別是在語言表現上。詩人而兼寫散文，我國自古已有，只是不像現今那麼強烈、有意識地把詩句融入散文之中，而使現代散文的語言呈現了前所未有的豐盈與生機，同時也使現代散文的藝術境界提高甚多。

投入散文創作而成果斐然的詩人，在現代散文史上可謂不絕如縷，如冰心、馮至、方令孺、徐志摩、朱自清、俞平伯、何其芳、楊牧、余光中、葉維廉、洛夫、羅青、羅門、管管、陳義芝、陳克華、林彧、羅智成、杜十三、林燿德等，都曾做過這方面的嘗試，並有不錯的成績。他們的詩化散文作品，能以詩的精練擺脫傳統散文的鬆散冗瑣，並將詩作中常用的修辭技巧如擬人擬物、代稱、譬喻、象徵、隱喻等，大量運用在散文中，其文體語氣變化多姿，對各種語言有兼容並蓄的高度彈性，也具有挑戰既有形式的實驗勇氣，令人激賞。

楊牧的《年輪》（洪範書店，1982年）一書，是詩化散文的典範之一。「在該書內，作者企圖把情趣小品、哲理小品、雜文等各種散文的副文類和詩的語言、意象、結構結合起來」（鄭明娳語），作者的詩才處處流露在散文的字裡行間，如以下一段：

> 啊春天！透過稀疏的煙葉，我聽到一隻鴿子從西向東疾逝拍翅的輕快。頌讚愛情的狂呼，責備暴力的語氣。這是無色的年代，過濾了的仇視滴在藍天洗臉的湖泊，這

> 是七色擠盪的一團漆黑。關於鴿子我只能記到這裡；我們都知道它不會消滅。也許是平凡的一綠色的候鳥迷失在深澗的漣漪，也許是一可憐的蕨薇迷失在幽谷的苔氣；也許是炮彈爆破時，孩童的驚駭，無窮的困惑。
> 春天伸手把黃昏的鴿子擁進懷裡。（〈柏克萊〉）

意象的繁複，動感的節奏緊密而迅捷，「仇視滴在藍天洗臉的湖泊」、「春天把鴿子擁進懷裡」等擬人句法，「也許是」的疊句修辭，讓這一小段呈現出一種春天繽紛的氣氛，有情有景，有思索有喟歎，深具餘味，供人咀嚼。類此的詩意盎然，書中俯拾皆是。

又如余光中的《聽聽那冷雨》（純文學出版社，1974年）一書中的同名散文，以懷鄉爲主題，以雨爲觸媒，將我們的思緒帶到對那塊土地的懷思、這塊土地的愛惜上。全篇詩的句法迴旋迭現，給人生動的音韻鏗鏘之感，剛柔並濟的細密聯想，例如這一段：

> 在日式的古屋裡聽雨，春雨綿綿聽到秋雨瀟瀟，從少年聽到中年，聽聽那冷雨。雨是一種單調而耐聽的音樂是室內樂是室外樂，户內聽聽，户外聽聽，冷冷，那音樂。雨是一種回憶的音樂，聽聽那冷雨，回憶江南的雨下得滿地是江湖下在橋上和船上，也下在四川在秧田和蛙塘下肥了嘉陵江下濕布穀咕咕的啼聲。雨是潮潮潤潤的音樂下在渴望的唇上舔舔那冷雨。

用長句，富有節奏、音響的語詞，連接起不同的意象，加上疊詞的運用，綜合成一種懷鄉的濃烈情感，如雨絲之不斷、連綿。一些歐化、倒裝句法，擬人的技巧，使思念的悲調籠罩在迷離的氛圍中，感覺與感情混合交融，給人詩的意境，詩的美感。散文寫到這種境地，確乎是出神入化，打破文體的界限，而任我馳騁了。

二、小說體散文

散文的描敘方式，加上小說的結構表現，就構成了「小說體散文」的新風貌。楊昌年對其特質有以下兩點說明：一是突破散文「線」的表現，而具有小說「面」的設計架構；二是有小說的結構，但仍保有散文的行雲自然。雖然是向小說借兵，但其散文的本質是不變的，如其中仍不乏大量描敘；即使有對話，也不像小說的份量那麼多；小說以動作描寫居多，散文仍採表白方式。這些都是小說體散文和小說不同之處。

以開創現代散文藝術的嶄新類型而樂此不疲的林燿德，其《迷宮零件》（聯合文學出版社，1993年）這本散文集的作品，就是具備了散文的形式、詩的思維以及小說的敘述趣味。1997年2月出版的《鋼鐵蝴蝶》（聯合文學出版社）則在文體交融上更盡情地揮灑，小說體的散文也不乏其篇，如其中的一篇〈行蹤〉，探討都市中失蹤人口的社會問題，同時也反省「人是一滴水，滴入人海就被吞沒了」的現代人的焦慮。林燿德採用小說的嚴謹結構，鋪敘出一個完整的故事情節來傳達理念。文章一開頭是「那女子已失去了蹤影」，然後，他無意識地漫步街頭，半張報紙忽夾入他腳邊，上面一則標題是「失蹤女子已達五十八人」，他隨手扔去，抬頭看見前面有棟白色的大廈。接著，作者有一連串的思索、評論與夢想，心理意念以散文的自由抒寫方式，明確地指出：「行方不明的朋友們隱沒在大都會的斷層裡，正似人類的個性被掩埋在文明的洪流下一般」。思考表達之後，又回到那棟大樓的前面。他又無意識地進入那棟大樓，乘電梯到頂樓，看見一襲白衣立在樓頂邊緣的矮牆前：

> 「妳會不會突然想脫離自己的姓名、指紋和臉？」
> 我癡傻地問著十四樓頂的陌生女子，她只是嗤笑不語……
> 我裝著不在意，走到三數人高的水塔前，吆喝著攀上鐵梯。
> 我費盡力量，拉起沉重的鐵蓋，喘吁吁地看下，只見黝黑一片，月光割在水面顯現出銀色流逝的鋒刃。
> 我望回矮牆，那女子已失去了蹤影。

很明顯地，作者採用短篇小說的結構，以意識流手法來呈現作者意念，運用順敘的形式來展開散文鋪敘，虛構的人物、情節，使這篇散文具有小說懸宕、隱伏、對比等效果。如果沒有中間一大段的思考鋪敘，這篇散文倒很像是一極短篇小說。

散文作家簡媜也有嘗試寫小說的衝動，但一直未付諸實現，於是，小說體散文便成爲她的《女兒紅》（洪範書店，1996年9月）中主要的表現形式。她自己在序言中即坦言：「這書雖屬散文，但多篇已是散文與小說的混血體。」書中的輯三「火鶴紅」中的篇章，多已是介乎散文與小說之間的體裁。有趣的是，如李黎的《浮世書簡》（聯合文學出版社，1994年），書中的18篇文章，以散文的書信形式呈現，但串連成一部結構完整的小說。易言之，這是一種散文體的小說。和此書相同的還有蘇偉貞的《夢書》（聯合文學出版社，1995年），這是一本日記體形式的小說。所以，散文與小說混血的現象並不足怪，這種中間文類的發展有極大的空間，也值得去嘗試。

三、寓言體散文

寓言的影射效果與諷刺意義，透過散文的形式表現出來，即爲寓言體散文。寓言在中國古典文學中有悠久的歷史，其創作重在題材的選擇，通常是以一個雅俗共賞的敘事來表達中心理念，而在結尾道出故事的主旨，這一點有些像極短篇小說。當然，其簡單結構與衝突性無法與小說、戲劇相比，其本質仍是散文。

寓言體散文的形式短小，主題多半是現代人性之揭露、人生之調適提升，或以幽默趣味見長，或以人生哲理供人省思，頗適合現代社會節奏緊張的時間經濟需求。如王鼎鈞的《人生試金石》等「人生三書」就是寓言體散文的最佳典範，例如這篇〈自輕〉：

> 處長到職以後，開始逐個了解屬員。某天，他問左右：「×長的電話號碼是多少？」立刻有一個職員飛快的打開電話簿，送到面前。處長覺得此人反應敏捷，服務熱心，將來或許可以大用，就在記事本上寫下他的名字。
>
> ……
>
> 「反應敏捷，服務熱心」的人自有一套本事把處長公館上上下下弄成熟人，於是也常常陪處長太太打牌。……有一天，太太心煩，一張牌摔下去跳起來，飛進便所的大門，落進抽水馬桶裡去了。此君立即離座，撈起這張牌，沖洗一番，放回原處，並且說：「太太，我用肥皂水洗乾淨了。」
>
> 處長看見這一幕，就掏出日記本，把此人的名字劃掉。
>
> 過分討好別人反而招致輕視。從此以後，處長經常找這個人「服務」，例如買香煙、點火之類，從未考慮給他

重要的職位。

故事的主旨在文末道出，給人警惕的作用。以寓言的形式說理，正是寓言體散文的特色。

楊牧在《中國近代散文選》中將散文分成七類，其中寓言一類以許地山爲代表，因爲其作品寓言性質特強，楊牧說：「如果我們簡單舉一辭以形容許地山的文學特色，則『寓言點化』約摸可以當其大概。」楊牧也曾編選了《許地山散文選》（洪範書店，1985年）一書，書中多篇均屬寓言體散文，如〈蛇〉一文，敘述作者在一樹下見到一條毒蛇，非常害怕，就趕緊逃開，而蛇也和飛箭一樣，竄入蔓草之中。作者回家和太太提起，不禁懷疑：「到底是我怕他，還是他怕我？」他的太太說：「若你不走，誰也不怕誰。在你眼中，他是毒蛇；在他眼中，你比他更毒呢。」像這樣以故事的敘述來引出人生哲理的形式，是寓言，也是散文，二者融成一體，自成一格。

鄭明娳在「八〇年代臺灣文學研討會」中宣讀的論文〈臺灣現代散文現象觀測〉，其中提到：「散文對其他文類的吸收，最明顯的是小說中的敘述、現代詩中的意象、戲劇中的對話以及電影中的運鏡等。」詩人瘂弦在爲年輕詩人羅任玲的散文集《光之留顏》（麥田出版社，1994年）寫的序中，也曾對散文與其他文類的交融提出他的看法：

> 這一代的散文家所進行的試驗，還不僅在語言，連內容、結構、題材也與其他文類進行大幅度的融合：
> 與詩結合，成為散文詩或詩意的散文；
> 與小說融合，成為故事性的散文；
> 與批評融合，成為時論方塊（雜文）或文化評論；

> 與知識融合，成為科學小品；
> 與新聞融合，成為報導文學。
> 這種大融合的現象，使散文與其他文類的界限趨於模糊，散文的內涵因此而更加豐富，傳統散文的定義已經無法詮釋今日新散文的形式與內容，這種發展，就文學類型互動、互補的觀點來看，是非常具有建設性的。

他的意見，說明了年輕一代的散文作者已有意識地要打破文類的限制，希望能出現更繁複的風格，追求現代散文種種新的可能。

除了文體之間的相互影響，散文也可以和非文學類的其他領域結合，如前述之報導文學，它是文學與新聞學交融下的產物。又如傳記文學，它是散文與歷史學的結合體。這就說明了，文類的創作是可以突破的，散文扮演著「文類之母」的角色，它的無窮潛力將可以使散文的未來發展，產生更讓人驚喜的豐碩成果。我們期待有更多的實驗性創作出現，向散文的既有形式挑戰，也向散文的既有成就挑戰，爲文類的整合融匯開創新契機。

第二節　多元題材開發的新風貌

如果從文學史發展的角度來看，上一節所討論的文體交融問題，屬於文學內部藝術規律發展的必然性，而這一節要探討的題材開發問題，則屬於外在社會條件與文學互動的結果。一內一外，構成現代散文向前演繹的不同風貌。

一、作家自覺與社會變遷

現代散文的初期，可以舉冰心體的抒情小品爲代表。照鄭明娳在〈臺灣現代散文現象觀測〉中的說法，近幾十年來，這種冰心的「文藝腔」可算是文壇的主流，它的題材大都是日常生活事物中的片斷，如花、草、山、海、日、月、星、辰、悲喜、夢幻等，文字淺白清麗，情感溫柔眞切，且多讚美親情母愛、兒童、大自然、熱愛民族國家等，這是冰心體的特色。像張秀亞、張漱涵、琦君、胡品清、白辛、林文義、林清玄、艾雯、畢璞、喻麗清、羅蘭、蕭白等，就是具有這一特點的知名作家。當然，隨著時代、社會的演變，這些作家的風格與題材的寫作也會有所改變。以林文義來說，早期在水芙蓉出版社的散文作品如《諦聽・那潮聲》、《歌是仲夏的翅膀》等，多是以個人經歷、情感寫成唯美浪漫的散文，八〇年代中期以後，逐漸轉爲對土地、族群、社會事件的省思，如《島嶼之夢》、《銀色鐵蒺藜》、《穿過寂靜的邊緣》等；又如林清玄，他「由個人的經歷見識寫成感性散文，到經由採訪撰成的報導文學，到讀書閱報撰寫成的文化省思，乃至目前方興未艾的佛經新詮：菩提與寶偈系列，在在可見他在題材上的求變與求新」（鄭明娳語）。作家在題材選擇上的改變，往往也意味著其寫作風格的轉變，而這種轉變，主要的原因有二：一是作家本身的自覺；一是來自社會環境的變遷。

二、社會環境與文學題材

社會環境的改變，必然會衝擊到文學生態，也影響到文學題材的轉變。例如五〇年代的散文，以懷鄉、反共爲主要題材；六〇年代以留學、存在主義的思考爲主流；七〇年代以鄉土文學的回歸爲熱潮；八〇年代起則開始隨著臺灣逐漸走向後工業社會，而使文學作品進入商品化的多元時代；八〇年代後期，兩岸關係產生新的互動，返鄉探親散文應時而生，國內政治運動風起雲湧，較諸七〇年代的鄉土文學更深入、更全面的本土化走向，使族群關係、國家定位等議題都進入文學領域，而被熱烈地討論、刻畫，文學與社會關係之密切於此可知。

至於輕薄短小的消費模式，無可避免地也反映在文學作品的出版、發表及閱讀上。對散文來說，這種趨勢當然也會有所影響，如字數不多的札記、筆記、手記體散文大行其道；中央日報副刊提倡「千字方塊」、「大家小品」、聯合報副刊的「全民寫作」等，都是此一趨勢下的產物。散文與影像、聲音結合，也是方興未艾的嘗試，如林清玄的《打開心內的門窗》、《迎向光明的所在》、張曼娟的《遇見小王子》等有聲書掀起一股熱潮。散文書中圖文搭配的比例增多，如西西的《剪貼冊》、小魚的《原稿紙》、林清玄的《金色印象》等，都是影像在文學作品中地位提高的例證。這些都是現代散文日漸成形的嶄新嘗試。

在題材的選擇上，進入九〇年代以後，已經開始形成一些迥異以往的面貌，非常值得觀察，也令人對散文未來的發展抱持樂觀的期待。其中最具發展性、也最具特色的，是不再如以往的散文作家們以豐富、寬廣的生活經驗下筆，而是逐漸走向專業化、深度化、系統化。簡媜在編選《八十一年散文選》的編後記〈繁茂的庭園〉中，對此有精到的分析：

> 相異於過去散文前輩們廣涉生活風貌的題材選擇法，現代散文作家有意識地尋找自己的焦點題材，並且以接近專業的學養做深層耕耘，有計畫地撰寫一系列連作，為自己定位與塑型。……這批作者不僅是社會的觀察者，亦積極參與各種新興組織或協會之屬，或為第一線行動者，他們兼蓄報導訓練、攝影手法與散文彩筆，實地

> 勘察而成文，舉凡考古、少數民族、自然生態、民俗文化、珍奇動物……等，除了部分作者朝報導文學致力外，大多數作品均屬優秀的散文範圍。

新的題材，新的類型，使散文的天地較以往更為遼闊，也開發了更多過去的「少人地帶」，而使散文未來的發展充滿許多可能性。

三、現代散文題材的深度開發

散文作者的警敏眼光，使其在體察社會脈動、搜羅題材、反映現實上，一直具有旺盛的生產速度與質量，而由於臺灣近年社會的變遷，一個比較容許自我自由表現的文學生態已然形成，也使現代散文的多元化寫作得以實現。在題材開發的新場域中，較令人矚目的有環保散文、山林散文、都市散文、旅遊散文、運動散文、女性散文、佛理散文、族群散文等，其他如正在摸索中的方言散文，將來可能出現的電腦網路散文新題材，都是九〇年代散文各自殊異的新路向。

㈠環保散文

從關懷鄉土、提倡環保，進而思考地球村的人／國際網路關係，散文作家們是站在前端的鼓吹者。這與七〇年代時高信疆大力提倡報導文學有很大關係，因為生態環保散文大部分是報導性散文。1981年起，馬以工、韓韓兩人在報端撰寫有關生態保育的文章，掀起了國內生態環保散文的熱潮，後來結集成《我們只有一個地球》一書，影響深遠，其後不斷有散文作者投入此一寫作行列。伴隨著國人本土意識的覺醒，這一題材甚受重視，至今依然是散文家族中耀眼的一員，以此為創作重心且卓有成績者不少，如楊憲宏《走過傷心地》、《受傷的土地》報導了環境被污染破壞的公害問題；林少雯的《綠滿人間》、《大地之愛》等探討環境綠化及水土保持；劉克襄及陳煌等人的鳥類生態報導，是頗爲專業的鳥類生態檔案。這些鼓吹環保意識的作品，使散文的現實性充分發揮。這一系列的開發，不僅作家投入，也有出版社以之爲一主流路線，如晨星出版社的「自然公園」系列即是。放眼未來，這一主題的素材仍將是散文作者可以馳騁的領域。

㈡山林散文

避開繁忙、污濁的城市，有些作家因嚮往自然的山林環境，而身體力行地僻居鄉野，以隱逸的心態面對大自然，追求陶淵明「幽然見南山」的生活哲學，在他們的筆下，自然山水、大地田園成爲主要的謳歌對象，思考著人與大自然的對應關係，充滿了世外的情趣與嚴肅的哲思，接近於西方梭羅的《湖濱散記》、吉辛的《四季隨筆》中的意境。這一類的作品如陳冠學的《田園之秋》，是一系列田園日記，既有對臺灣田園生活的緬懷和讚歌，又有人文的思考和觀照；又如孟東籬（孟祥森）的《濱海茅屋札記》、《野地百合》；粟耘的《空山雲影》、《寸園隨筆》等；陳列的《地上歲月》、《永遠的山》等，都是兼具山林野趣與自然哲理的散文。對忙碌的現代人來說，可算是心靈的一帖清涼劑。由於臺灣社會的緊張節奏，這一題材的作品也深受讀者喜愛。

㈢都市散文

都市散文的興起，是八○年代以後的事，有意識創作的人並不多。鄭明娳認爲它是「知性散文中一支突起的異軍」。這裡所謂的

「都市」，並不是指具體的城市，而是一種現代社會情境的象徵。它關心人類整體的處境，作者的思考方式不再侷限於以抒情為主流的敘述模式，而是以知性的角度觀察人生的感官世界，發掘其背後的潛在意義。有意識地以此題材創作者，可以林燿德與簡媜二人為代表。

林燿德的散文具實驗性，都市散文則是其致力的領域，從早期的《一座城市的身世》，到近期的《迷宮零件》、《鋼鐵蝴蝶》，都可看到他摸索的軌跡。以《迷宮零件》（聯合文學出版社）來看，書中共分4卷：生命零件、公寓零件、人類零件、地球零件，其篇目如洗衣機、果汁機、電視機、傳真機、終端機、小亞細亞、特洛伊七號等，均可看出他對現代生活的「另類」關懷；又如《鋼鐵蝴蝶》（聯合文學出版社）中的作品，像〈都市中的詩人〉、〈大師製造者〉、〈都市兒童〉、〈挖路工人〉、〈都市的貓〉、〈寵物〉、〈鐘錶蟲〉、〈路牌上的都市〉、〈臨沂街十七號〉等，都是他致力於發掘都會化臺灣現實面的系列之作。

簡媜的《胭脂盆地》（洪範書店，1994年），也是都市散文的「邊緣之作」。她在序中就說：「在散文世界裡自行歸入抒情族裔的我，以流幻筆墨描述時常擦出虛幻冷煙的城市時，不免雙重逸走」。書中的篇章大量記載了臺北盆地的種種，如〈藝術店員〉、〈春日偶發事件〉、〈串音電話〉、〈面紙〉、〈黃金葛牽狗〉等，都是現代都會的一瞥。作者以冷靜、中性的筆調，敘述一個個臺北故事與心情。她在序中還說：「虛構與紀實，或許這就是臺北給我的一貫印象，她常常眞實到讓我覺得是個龐大的虛構。」以虛構與紀實來說明都會散文的特質，其實也頗為貼切。

除林燿德、簡媜外，林彧的《愛草》（文經出版社）、張啟疆的《泡沫年代》（正中書局）、周志文《三個貝多芬》（九歌出版社）中，也可見這類題材。其發展在未來仍有很大空間。

㈣旅遊散文

旅遊散文當然是由來已久，不過，大量以旅行見聞爲題材的作品湧現於報端、出版品，卻是八〇年代中期以後的事。1987年的解嚴、開放大陸探親等措施，使國人自由旅行之風大盛，特別是大陸旅遊的見聞，成爲當時媒體一時的風尚。

年輕作家懷抱夢想，跋涉於世界各個角落，寫下一篇篇題材新鮮、有趣、動人的散文，如喜愛海外自助旅行的褚士瑩，就有許多這方面的作品，從他的書名如《趁著年輕去旅行》（圓神出版社）也可看出年輕作家在旅遊中得到的自信與視野。其他如楊明、黃雅歆、許佑生、阿嫚、師瓊瑜等，都有這一類的作品。

中年一代的作家，則於旅遊中透露些許人世滄桑的感觸，以及時代的關懷，如劉大任的《走過蛻變的中國》（麥田出版社），既寫他旅行所見的眼中的中國，也有他文化鄉愁中的中國；余秋雨的《文化苦旅》，看似旅遊散文，其中又增添了知識分子的文化關懷與愁思；登琨豔的《流浪的眼睛》也是見聞與抒情兼具的散文集。有些作家則是以知識介紹爲主，如大陸作家阿城的《威尼斯日記》（麥田出版社），談到詩詞典故、小說、禪、中藥等，隨手寫來，感性與知性共存。這種寫法與對題材的處理，和年輕作家以流浪爲樂趣、以出走爲時尚方式的淡淡感懷有所不同。其他如張放、愛亞、呂大明、楊小雲、眭澔平、蔣勳、龍應臺等人的作品中，也不乏具有深刻人文思考的旅遊散文。

在媒體方面，各報副刊都加強了有關旅遊的版圖，如中時晚報的《時代副刊》開闢了多項專欄如「風景明信片」等，且大力提倡旅行文學，有推波助瀾之效。包括余光中、雷驤、林清玄、林文義、張曉風、劉靜娟、郭強生、陳少聰、朱衣等人，都是常見此類作品的好手。毫無疑問的，以國人經濟水準的不斷提升，這類題材仍將是許多散文作者的最愛之一。

㈤運動散文

隨著資訊業的蓬勃發展，國人重視休閒生活風氣的形成，加上職業棒球隊伍陣容的日漸壯盛，帶動了運動題材的進入散文領域。和過去一些提到運動的作品不同之處，在於運動散文完全以運動為主題，而且執筆者儼然也是個中行家，可以精準地評判，專業地分析，加上原本流暢的文筆，使運動散文逐漸風行，而成為散文家族中新的「另類風景」。高爾夫、棒球、籃球、海釣、爬山、馬拉松等，都有為數不少的「運動迷」。奧運、網球公開賽、NBA等，也是作家筆下亟欲捕捉的好題材。

以蕭蕭編選的《八十二年散文選》為例，其第七卷就以「運動散文」為名，收入四篇作品：有亮軒談國際國道馬拉松比賽、劉大任談美國網球公開賽、廖鴻基談海釣、劉克襄談職棒，都具觀察深入、言之有據的專業水準，讓人讀來既有作者經驗的趣事，又有作者專業的知識，作者寫得過癮，讀者也是捧腹會心。以下舉劉克襄〈站在火山口〉中的一段，即可看出運動散文的迷人之處：

> 看完他們分別投完前六局時，我覺得楊林的事顯然未干擾到陳義信，王漢更是清楚地展現美好的一流球質。怎麼看呢？很簡單，只要記錄一下每個上場打擊球員揮棒的情形就一目了然。今天幾乎每個打擊者都是在第一球時就揮動球棒，這不是報紙常形容的球員急躁，那是因為投手的好球率高，他們無從選擇。而且，整場比

賽兩好一壞不利打擊者的情形特別多（全場只有一次保送）。這表示投手的球感正處於相當好的狀況，顯見他們都把戰鬥意志調整到一個最好的情況下出賽，且勇於和打者做出直接的對決。

從這裡就可看出，作者本身除了是一個細心的觀察者外，同時也稱得上是專業的分析者，這和過去只描寫球場緊張、刺激、門外漢看熱鬧的情形已有不同。

在出版方面，全書以運動爲題材的散文集也開始出現，如1995年出版的《強悍而美麗》（麥田出版社），劉大任以文學家的筆法，和他對運動員生命的關注，描述其「強悍而美麗」的求勝鬥志，內分籃球、網球、乒乓球、釣魚、狩獵、足球等，呈現出以小說知名的劉大任的另一面，令人眼睛一亮。此外，張啟疆分別於1996年出版《運動大烏龍》，1997年出版《六點半男人》，則以趣味的筆法，著重於描寫職棒種種。他可說是較用心於此類題材的散文作者。展望未來的運動散文，需要更多的球迷和讀者一起來書寫這種文武兼備的「另類散文」。

㈥女性散文

在過去的散文作品中，以兩性關係爲題材者並不算少，但近年來則以女性散文的崛起令人矚目。這類題材的受到重視，和政治上女性參政的比例增多，社會上女權意識的普遍覺醒，兩性平權觀念的建立有關。女性議題被熱烈討論，女權會成立，女書店開張，蔚爲一股潮流，和女性有關的討論聲音大量浮現，使得女性散文成爲散文界的熠熠紅星，甚受矚目。如簡媜編選的《八十四年散文選》中，就專闢一輯「阿媽歷史」，正視這類題材。

雖然如郭強生有《男人的眼睛》、鄭開來有《多情男人心》、苦苓有《新男人週記》、侯文詠《親愛的老婆》等書，從男性角度出發，探討兩性關係，並試圖描繪新好男人的形象，但比起女性自己執筆、寫自己的處境、心情，和以女性角度爲主的兩性世界，在數量上顯然遜色。女性散文確實找到了自己的空間，隨手拈來，就有不少這一類的散文，如郁馥馨的《屋頂上的女人》，寫女性如何在社會規範下，仍堅持自己的生活方式；楊小雲的《好男人都到那兒去了》，以女性觀點審視兩性相處之道；曹又方專門爲女性所寫的《做一個有智慧的女人》、吳玲瑤《做個快樂的女人》、廖輝英《製作多情》、陳幸蕙《現代女性的四個大夢》等，也是以討論兩性話題爲主；周芬伶的《女阿甘正傳》，從探討女性潛在的恐懼與特質中，思考家庭與社會的互動。此外，在小野、石德華、趙淑俠、吳淡如、歐銀釧、李黎等人的散文中，也都碰觸了此一話題。

副刊媒體對提倡這類散文也是不遺餘力。例如聯合報副刊舉辦「眞女人紀事」徵文活動，迴響熱烈，後由陳義芝、黃秀慧編成《眞女人紀事》一書，由聯經出版公司出版。全書反映不同年齡層女性，在生活、工作、愛情中，勇於面對自己的眞實故事。可以說，這些女性的聲音，爲女性靈魂的再造提供典範，也揭示了女性寫作的新向度。這類題材未來將會是散文書寫的一大主流。

㈦佛理散文

以對佛教義理的體會爲題材的散文，已風行一段時期。其實，這類題材由來已久，如李叔同、豐子愷、許地山等人，都有這類作品。近年來因工商高度發展，相對於物質的豐盈，人們開始感到心靈的空虛，由林清玄所撰寫的「佛理散文」遂大受歡迎，其菩提系列作品，既受好評又暢銷再版，使禪、佛散文成爲一時風尙。林清玄的文筆出眾，融合自己的心得體會，使佛理不再只是少數人的專屬，而是社會大眾均可分霑的智慧雨露。這類散文的系列出版，也是現代散文向單一題材專業發展的範例之一。在佛學成爲顯學之際，這類題材勢將大有可爲。

除了林清玄之外，蕭蕭的《禪與心的對話》，以明心見性的生活美學，提升了我們對禪心的領悟；康原的《歡笑中的菩提》，也是在生命中落實佛法之作；墨人的《紅塵心語》則是一部涵蓋儒、釋、道三家思想的散文集；王靜蓉《童心禪：有小星星已經很久了》，以禪家帶給人類學習眞愛的精神，記錄作者女兒的新生過程；方杞也有《人生禪》多冊，用散文筆法寫出禪宗公案。類此之作不在少數，是現代散文發展的新趨勢之一。

㈧族群散文

由外省、福佬、客家、原住民等不同族群構成的臺灣社會，近年來也因族群意識的抬頭，而開始有以族群生活、特性、處境爲題材的散文出現，數量雖不多，在出版及媒體發表的比例上也不高，但其質量有日漸提升之勢，也促使更多的人來思考此一本土議題。

以老兵探親爲題材的作品，就是反映了此一特殊族群的生態與命運。蕭蕭在《七十六年散文選》中，曾以此題材作品輯爲一卷，收了司馬中原〈辭山賦〉、黃永武〈母親在亂墳崗〉、司徒衛〈老兵〉等文，他還感慨地說：「民國76年，如果要選拔這一年的風雲人物，我認爲應該是老兵。」其中的親情流離、時代悲喜，令人動容。

以客家族群生活爲題材的散文集並不多，鍾理和的日記是較早的一部作品。近年來致力於此一題材的作家漸多，如黃秋芳的《臺灣客家生活紀事》、張典婉的《土地人情深》、馮輝岳的《阿公的八角風箏》，以及黃恆秋、劉還月、鍾肇政、莊華堂等人的作品中，也對客家莊的生活、客家族群的命運有所思索、反映。

原住民題材的寫作，近年來顯得熱絡，許多原住民作家的投入創作，功不可沒。例如瓦歷斯．尤幹，他是臺灣原住民泰雅族人，對臺灣原住民的文化、歷史，均有所整理，其散文集《永遠的部落》、報導文學集《荒野的呼喚》等，都是以原住民處境反思為題材的作品。其他如吳錦發、楊牧、林文義、莫那能、瓦歷斯．諾幹、田雅各、孫大川等人的作品中，也有對原住民的描寫。此外，晨星出版社還推出以原住民題材為主的《原住民文學》系列，對少數族群的文化保存與發揚盡心盡力，十分可貴，出版的散文集如林建成的《頭目出巡》、《小米酒的故鄉》、瓦歷斯．尤幹的《戴墨鏡的飛鼠》、利格拉樂．阿媯的《誰來穿我織的美麗衣裳》、吳錦發的《願嫁山地郎》等，都是挖掘原住民生活、文化的深刻之作。

由於對族群文化的危機感與認同感，以方言寫作的嘗試遂逐漸增多，如客家散文、福佬語散文等，也已有作家投入創作，但仍以詩較多，散文的空間尚待開拓。

不管是什麼題材，作家本身所具備的文字敏感度、現實的關懷、深度的思索、寬廣的視野、包容的心胸，以及對文學不滅的熱愛，才是未來散文如何發展、提升的基礎。時代風貌，社會萬象，都是不斷變化的，它提供了作者無窮的題材，也寓含了無限的可能。我們期待新的典範出現，也期待更多的人投入散文的創作、欣賞行列，深挖廣織出更遼闊、更自由，具有人性的眞、人情的善、人生的美的散文新世界！

附錄一

臺灣現代散文的裂變與演化

一、文體：沒有邊界的邊界

散文與小說、詩、戲劇並列爲現代文學「四大家族」的文類定位，似乎已是現代文學創作者與研究者的「共識」，然而與小說、詩、戲劇顯赫的中心地位相對照，散文長期以來以背景身分存在的邊緣性現實，卻又是難以掩飾的。陳幸蕙在編選九歌版《七十五年散文選》時曾說：「由於散文與人世相親，與生活格外貼近的特質，因此，仍是擁有較多文學人口的一種作品形式；被讀者接受的程度，似也超過了小說與詩。」她的觀察，可以從1983年起豎立於大型連鎖書店金石堂內的暢銷書排行榜上得到印證。以1998年度其文學類暢銷書前二十名爲例，若不論外國譯作，則清一色都是散文作品，作者有劉墉、光禹、戴晨志、吳淡如、吳念眞（《臺灣念眞情》）等（參見1999年2月號《出版情報》）。散文作品受市場肯定的現象，事實上已是臺灣圖書市場持續有年的一個特色，張曉風就曾指出：「臺灣書市中散文作品暢銷且長銷，這與歐美圖書市場中小說經常高掛榜首的現象大異其趣，讀者決定買下來細讀而珍藏的是散文而非小說」（《中華現代文學大系散文卷・序》）。

但是，從現代文學研究的成果來看，卻又是另一番景況。以1988年至1996年爲時間跨度，相關的研究專書（含學位論文）方面，小說有106部，詩35部，散文10部，戲劇9部；單篇論文方面，小說有432篇，詩381篇，散文51篇，戲劇11篇（參見羅宗濤、張雙英著《臺灣當代文學研究之探討》）。很顯然，散文在讀者消費與學界研究上一直是處於失衡狀態。何以學界對散文此一甚受歡迎、作品廣眾的文類會有如此漠視的現象呢？不止一端的原因不是本文要處理的重點，筆者要探討的是其中一項根本性的因素，即文體邊界的模糊。自五四新散文誕生以來，這個根本性的癥結始終如影隨形，它對現代散文的創作、研究與發展，都有決定性的影響。散文的擴張／侷限在此，衰落／新生也在此。

身爲現代文學四大文類之一，百年來對現代散文的文體義界始終模稜含混，莫衷一是。郁達夫說它是「除小說，戲劇之外的一種文體」（《中國新文學大系散文二集・導言》）；葉聖陶也曾下定義說：「除去小說、詩歌、戲劇之外，都是散文」（〈關於散文寫作〉）。現代散文誕生初期的看法如此，到了世紀末依然沒有太大改變。舉例來說，鄭明娳在《現代散文類型論》中提到：「現代散文經常處身於一種殘留的文類。也就是，把小說、詩、戲劇等各種已具備完整要件的文類剔除之後，剩餘下來的文學作品的總稱，便是散文」；大陸作家王安憶在〈情感的生命－我看散文〉中，開篇即解釋說：「我說的是我們通常意義上的散文，那種最明顯區別於小說和詩的東西。它好像沒什麼特徵，我們往往只能用『不是什麼』來說明它是什麼。」類此否定性的定義，似乎也就決定了散文不可改變的邊緣性地位。它「不拘一格」、「法無定法」的文體特徵，使它的邊界完全撤除，既可以是序跋書信，也可以是傳記銘文；既可以具備論文的雄辯，也可以兼納詩的成分，小說的片斷。沒有框架的自由天性，沒有邊界的邊界特質，使得多種文類都可能以不同的變異棲居在散文天地中。這也是大陸學者南帆所說的：「散文的首要特徵是無特徵」（《文學的維度》）。這是現代散文的宿命。無怪乎陳義芝在歷數一長串三〇年代的散文作家名單之後，會感慨地說：「他們大都拿著小說家或詩人身分證，而不標榜散文家。可見散文的藝術性格不完全鮮明，不像詩與小說有較極端的藝術潔癖」（《散文二十家・序》）。以臺灣當代散文的研究爲例，不論是文學史論述，還是個別作家研究，身兼詩人身分者（如楊牧、余光中等），反而較受矚目；鄭明娳在《現代散文縱橫論》一書中，分論了九位散文作家，但其中的木心、余光中、林燿德、羅青、林彧，更顯著的身分還是詩人。

可以說，一個世紀的生成發展，現代散文的身分仍然相對模糊，人們仍無法在文學的疆土上找到散文的固定界石，這使得現代散文百年來的演化變異，充滿了不確定感。即使散文有源遠流長的優異傳統，百年來也佳作紛呈，但似乎並未建立起正宗文類的權威，這使得批評家或學者長期以來較少將注意力放在現代散文上，在審美藝術評論上，它始終缺乏小說、新詩般的龐沛陣勢。由於沒有形成一個嚴密系統的文類理論，而多半流於一鱗半爪，散文就不易衝破其他顯赫文類的強大聲勢，脫穎而出。這不能不說是一種侷限。然而，弔詭的是，正因爲它文類邊界的模糊，也同時開啟了多種可能性的空間，而使這種邊緣性文體，在現代文學分流裂變的歷史舞臺上，吸引了眾多注目的焦點，甚至，有時候還能搶登文壇制高點。魯迅曾指出，五四時期「散文小品的成功，幾乎在小說戲曲和詩歌之上。」這就說明了，散文這種邊緣性文體是擁有向中心挑戰的足夠實力。當它能躋身於文學殿堂，與小說、詩、戲劇相提並論時，它看似瑣細卻巨大的動能，看似淡雅卻輝煌的光亮，確實是不能被忽視的。

二、類型：跨／次文類的滲透紛呈

散文的文類邊界模糊，來自於「散」的先天本質。「散」意味著自由、開放、多維度、多面向，不拘格式，不泥套法。它的園地無限開放，百花齊放是恆常的景觀；它容許混合雜揉，且迴避陷入單一模式；他追求混聲合唱的寬廣音域，也欣賞個人獨唱的聲色多變。因爲「散」，因爲邊界防線的敞開，散文巧妙扮演了「文類之母」的角色，別具特色的散文體裁只要發展成熟，就會從散文的統轄下脫離獨立，自成一個文類（如報導文學）。鄭明娳曾對「散」的特性有以下的說明：「散文之名為『散』，不是散漫，而是針對其他文類之格律而言，詩、小說、戲劇各自發展成充分必要的嚴謹條件，已走進一個有負擔和束縛的發展軌跡，而散文仍然能保持它形式的自由，也因此，散文的伸縮非常大」。大陸作家憶明珠在〈破罐——我的散文觀〉中，將散文比喻成「破罐」，因為「破罐可以容納各種雜物而無所顧忌」，指涉的仍是散文此一文類在形式、內涵上揮灑自如的本質，以及具備各種裂變基因的無限可能性。

散文，就在這種文體的幅射開放、多元交融之下，成了可以任意進出的文學場域，人人都可以在此大顯身手，詩人、小說家、理論家可以輕易跨越自己的邊界踅到散文之中。詩人余光中右手寫詩，左手寫散文，稱散文是「左手的繆思」；大陸詩人周濤則對散文的開放性有一形象的比喻：「在文學這個公寓裡，各種文學的形式都有各自的居室，被牆隔開；只有散文沒有自己的居室，它是客廳。誰都可以到客廳裡來坐坐，聊聊天，包括文學以外的人，但是客廳不屬於誰，客廳是大家的，它的客人最多，主人最少。」（〈散文的前景：萬類霜天競自由〉）。換句話說，在散文的王國裡，不需身分證，有定居的自由，也有遷徙的方便，不同的句法、詞彙、語境、表述方式等，都可以在散文的地域內交流、重組，而嶄新的文類也可以借助散文來加熱升火，另起爐灶。

正因為各種領域的人（文學／非文學）都可以進入文學樓房的「客廳」，以各種話語方式交談各種話題，遂使得現代散文在跨文類／次文類上產生了比詩與小說駁雜歧異的現象。舉例來說，楊牧在《中國近代散文選》中，將散文歸納為小品、記述、寓言、抒情、議論、說理、雜文七類；鄭明娳在《現代散文類型論》中，將散文分成主要類型與特殊結構類型兩種，前者分情趣小品、哲理小品、雜文三類，後者包括日記、書信、序跋、遊記、傳知散文、報導文學、傳記文學七種；而楊昌年《現代散文新風貌》中，則歸納出十一種「新的風貌」：詩化散文、意識流散文、寓言體散文、揉合式散文、連綴體散文、新釀式散文、靜觀體散文、手記式散文、小說體散文、譯述散文、論評散文。分類標準不一，歸納依據不同，理論系統未密，使他們的分類結果呈現「自圓其說」的困窘，原因仍然是出在散文的形體未定，定義難下。不過，在他們出入頗多的分類中，跨文類現象卻得到相同的重視。

散文與其他文體交融的嘗試，可以說自其誕生初期即已開始。像魯迅的《野草》、許地山的《空山靈雨》、朱自清的〈匆匆〉等，都是詩意盎然的散文，也是散文化的新詩。許地山的名篇〈讀芝蘭與茉莉因而想及我底祖母〉，擺盪於小說、散文之間，難下定論；賴和的散文處女作〈無題〉，也是「一半散文一半新詩」（葉石濤語）。類似的「變體散文」，從五四時期至今始終不絕如縷。像七〇年代余光中的〈聽聽那冷雨〉、八〇年代楊牧的《年輪》，即是令人印象深刻的名作。九〇年代以後，實驗性更強，從語言、內容到結構、題材，都與其他文類進行大幅度的融合，像林燿德的《鋼鐵蝴蝶》即具備了散文的形式、詩的思維以及小說的敘述趣味；簡媜《女兒紅》中有多篇已是散文與小說的混血體；余秋雨的散文集《文化苦旅》中的〈信客〉一篇，被收入《八十一年短篇小說選》（爾雅版）中；杜十三《新世界的零件》一書，更是詩、散文、小小說與寓言的大融合，成為一難以歸類的新文體，而被稱為「絕體散文」。跨越文類邊界的後果之一，就是如上述的文類「誤認」、「誤讀」的爭端難以避免。

除了文體之間的交互影響，散文也和非文學類的其他領域結合，如報導文學，它是散文與新聞學交融下的產物；又如傳記文學，它是散文與歷史學的結合體。必須說明的是，魯迅、朱自清、許地山、賴和等人「變體散文」的出現，是一種「不自覺的跨越」，而余光中、楊牧、林燿德、杜十三等人，則是「自覺的跨越」，他們有意識地、主動積極地要打破文類的限制，希望能出現更繁複的風格，追求種種新的可能。簡媜的觀察正是如此：「我想，我們沒有辦法再要求涇渭分明了，創作行業詭奇之處，在於作者的筆總是帶刀帶劍，不斷劈闢新的可能。假使，把文類比喻成作品的性別，我們顯然必須接受雙性、三性的存在了」（《八十四年散文選・編後記》）。

至於「次文類」的概念，則是借用文化／次文化的觀念，強調在文類概念之下出現具獨特性格及集體發展潛力的微型文類。這是文類本身的進一步裂變與演化，與時代環境、作者自覺、文體發展有關，如都市文學、情色文學、同志文學等。它在語言、題材、書寫習慣上，勇於跨越與嘗試，八〇年代以來，這些在邊界開放的散文地域上逐漸圍籬起自己邊界的營寨堡壘，相繼出現，呼應並參與了整體文學發展的前進大勢。不過，類型本身本就帶有不周延性與不確定性，因此，要描述散文次文類的諸般存在，也自然帶有無法周延的權宜性，畢竟，文類是會互相影響，互相滲透的。以題材、形式的開發爲基點，筆者曾在《現代文學・現代散文的新趨向》（空中大學出版）中提到：環保散文、山林散文、都市散文、旅遊散文、運動散文、女性散文、佛理散文、族群散文等八種，以及「其他如正在摸索中的方言散文，將來可能出現的電腦網路散文新題材，都是九〇年代散文各自殊異的新路向」；鄭明娳在〈臺灣現代散文現象觀測〉中，則針對八〇年代末期散文界在意識型態的主題取向，歸納出山林／鄉土散文、生態環保散文、政治散文、私散文等新的面貌。這些次文類的歸納標舉，仍有助於我們把握現代散文在當代的探索軌跡。除此之外，還有一些出現／討論過的散文次文類（名詞／內涵與上述幾類或異或似），如少兒散文、海洋散文、原住民散文、自然寫作、性別散文（男／女性）、飲食散文、音樂散文、記憶書寫等（相信未來還會出現如軍事散文、電影散文等小眾／專業但不能忽視的次文類吧？）。文類的自身繁殖、分裂、異化，是當代文學整體發展趨勢，散文在此也展現出其因邊界自由所帶來的蓬勃生機與繼續深化的豐富性。

三、作者：由博返約的身分轉換

文類的裂變與演化，作者的自覺追索與專業懇拓是加速完成的主要動力。前述各種因專業題材的書寫所形成的類型，一方面演示了散文寬廣腹地的文體事實，一方面卻巧妙地完成了散文作者由博返約的身分轉換。簡媜在《八十一年散文選．編後記》中有一段發人深省的話：「如果允許我從歷史的角度來臆測九○年代的散文作者，我想有一天，評論者在提到散文作家時，除了藝術層面的品評，會清晰地劃分他們所屬『類型』的不同。換言之，相異於過去散文前輩們廣涉生活風貌的題材選擇法，現代散文作家有意識地尋找自己的焦點題材，並且以接近專業的學養做深層耕耘，有計畫地撰寫一系列連作，爲自己定位與塑型。」對照於當前散文書寫的走向，相信這種專業類型寫作，會在作者心理進一步跨越之後，持續有更成熟的表現。

過去的散文作者形象，接近於經驗豐富、知識淵博、談笑風生、親切慈藹的長者。他們幾乎是上知天文，下知地理，又深諳人間百態、社會萬象，因此，涉筆爲文，總能隨手拈來，面面觀照。學者、文人、長者三合一的身分，是讀者／作者自覺與不自覺地長期編織而成。與這種形象相襯映的，是他們書寫散文時習慣採取「閒話」的敘述方式。「閒話」與「獨白」這兩種方式，是現代散文發展歷程中最基本的話語方式。大陸學者王堯在〈「美文」的「閒話」與「獨語」〉一文中，指出這兩種方式在現代散文史上的意義：「簡單地說，魯迅和周作人，在確立了兩種話語方式的同時，也就確立了他們在20世紀中國散文史中的地位。『閒話』與『獨語』成爲兩種最基本的話語方式，深刻地影響著當時與後來，作爲一種傳統、綿延、斷裂、變異，我們可以從各種寫作狀態中發現魯迅和周作人的影響」（《中國現代文學理論季刊・第11期》）。經過半個多世紀無數寫手的投入耕耘，散文的敘述方式仍以此爲主流，而作者身分／角色的形塑，也因此而少有變異地延續至今。

「閒話」這種敘述方式是指散文作者在敘述時採用一種「任意而談，無所顧忌」（魯迅語）的談話語氣，彷彿在與知己好友縱意交談任心閒話。在二〇年代至四〇年代的散文史上，採用這種敘述方式的作品構成了散文創作的主體。「閒話」出自魯迅所譯、日本文論家廚川白村《出了象牙之塔》書中介紹英國隨筆的一段話：「如果是冬天，便坐在暖爐旁邊的安樂椅子上，倘在夏天，則披浴衣，啜苦茗，隨隨便便，和好友任心閒話，將這些話照樣地移在紙上的東西就是Essay。」這段話呈現出一幅悠閒家居的畫面，充滿了澹淡鬆散的氣氛和怡然自得的心境。至於閒話些什麼呢？廚川白村說：「興之所至，也說些不至於頭痛爲度的道理罷。也有冷嘲，也有警句罷，既有Humor（滑稽），也有Pathos（感憤），所談的題目，天上國家的大事不待言，還有市井的瑣事，書籍的批評，相識者的消息，以及自己的過去的追懷，想到什麼就縱談什麼，而托於即興之筆者，是這一類的文章。」怡然自得的人生觀察與智慧體悟，透過「宇宙之大，蒼蠅之微，皆可取材」（林語堂語）的不拘題材，娓娓道來，充滿了感染力。這段話經魯迅譯後即被當時的散文作者和評論者一再引用（至今仍是論者描述散文特質的經典名言），「閒話」這種敘述方式便一直被散文創作者奉爲典範。早期的周作人、夏丏尊、豐子愷、林語堂等人，來臺後的梁實秋、吳魯芹、思果、琦君、張秀亞、陳之藩、子敏、亮軒等人的散文創作，也大都採用這種親切有味如話家常般的敘述方式。

與「閒話」方式同時存在的是「獨白」，以此方式書寫的散文，自「五四」以來也不乏先例，像二○年代出版的魯迅《野草》、三○年代出版的何其芳《畫夢錄》以及四○年代先後問世的馮至《山水》、張愛玲《流言》等均是獨白式散文的傑作。雖然他們的聲音與「閒話」主調相比稍爲微弱，但隨著時間的流逝，這種聲音越來越清晰。余光中的《聽聽那冷雨》、楊牧的《搜索者》、蔣勳的《島嶼獨白》、成英姝《私人放映室》、羅智成《夢的塔湖書簡》以及楊照、林燿德、簡媜等人的許多作品中，都可以輕易地看到他們迷戀「獨白」的言語姿勢。簡媜在《夢遊書》中形容自己是「住世卻無法入世，身在鬧紛紛現實世界心在獨活寂地的人」，她寫《夢遊書》是要讓讀者看到那種「多年來在四處盪秋千」，「終於回歸內在作繭的人」的姿態。讀這樣的散文，讀者可以看到作者個人內在的探索，以思維的持續不斷的進程取代敘述體慣用的形式，毫不隱蔽地開展自我，自由而隨性。被魯迅稱爲「自言自語」的獨白方式，強調的是「心理現實」的呈現，而無意經營一個完整的事件或場景。「閒話」式的散文背後隱藏的是全知觀點，而「獨白」式的散文更注重讀者自由參與，企圖打破帶有獨斷性封閉式的敘述方式，向讀者開放了一個更大的想像空間。1997、1998年度的《臺灣文學年鑑》（文訊雜誌社編印）都特別提到這種敘述方式是散文創作上的主要現象之一，我們相信這種現象將繼續延伸到跨越新世紀之後。

假如「閒話」方式在無形中建立起作者角色的全知導向與權威性格，那麼「獨白」方式恰好相反地企圖保有內斂私密的個人性格。八○年代中期以後，散文創作的敘述方式出現了一些改變，在「閒話」與「獨白」之外，一種專業化但不帶說教的權威性，個人化但不流於迷離難解的寫作方式，逐漸興盛，有人稱此爲「專業散文」，我稱之爲「術語」式散文。「閒話」式的作者像長者，像朋友；「獨白」式的作者像鏡子，讓讀者照見自己；「術語」式的作者，則像民間學者，像導遊，帶你進行知性的冒險，深探專業領域。這種散文書寫近年來形成一股潮流，在作家們的銳意經營下，前述的次文類遂隱隱成形，來勢洶洶，壯大了散文隊伍，開拓了散文新疆域。和過去散文形式不同的是，他們富專業素養，題材的選擇有計畫，有系列，有焦點，以長期的經營潛入與中心主題相關的每一處切面，追索探尋，提供了完整、深入的知識理論與審美體驗，有時介乎論文與散文之間。術語的靈活運用，使這些主題明確、類型突出的作品，呈顯出與以往散文不同的面貌。如陳煌、劉克襄的專業介紹鳥類知識；莊裕安、呂正惠、周志文等談論古典音樂；唐魯孫、林文月、逯耀東等的飲食文化散文；廖鴻基的海洋散文；或者是將「服裝」從單純的裝扮功用發展到深刻文化意涵的張小虹，一方面在大學開設「服裝學」的通識課程，一方面以散文探討服裝性別文化／美學等，將專業散文推向更細緻、特殊的境地；至於不再僅是「遊記」，而可以建立自主的美學基礎的旅行文學，更是熱度熾烈，蔓延程度令人驚訝。

術語式的專業散文作者，雖然和閒話式散文作者一般具有知識的背景，但不同的是，作者不再談天說地、以廣博經歷取勝，而是系統、專業、深入，致力於新類型的開發，建立以理性、客觀思維爲基調的灘頭堡，有意識地向散文審美感知的藝術高峰勉力以進。他們以接近撰寫學術論文般的毅力，廣搜資料（或多方感受），系統論述，以一連串的作品深入議題核心，樹立起個人類型突出的書寫風格。綜言之，閒話、獨白、術語三種話語方式，構成現代散文史發展的基礎，也型塑出散文作者的不同面目，和上一節散文類型的深掘互爲表裡，共同爲散文文體裂變演化的燎火之勢，添了薪加了柴。

四、時代：翻轉的年代，純美的凝望

散文的邊界開放，腹地無限，文體的自由流動，無所依恃，在在是對散文作者的嚴酷考驗，因爲「別以爲這是自由，這更是無所依從，無處抓撓」（王安憶語）；梁實秋對此也深有體會：「散文是沒有一定的格式的，是最自由的，同時也是最不容易處置，因爲一個人的人格思想，在散文裡絕無隱飾的可能，提起筆便把作者的整個性格纖毫畢現的表現出來」（〈論散文〉）。作者們面對無物不可成文、無事不可成篇的散文，只能更加腳踏實地，用心經營，全力以赴於題材的開發，兼納各種類型的話語，從遣詞、用字到見識、器宇，都不能馬虎以對，如此多方嘗試，才能在散文迷宮裡走出自己的一條路來。

當時代與社會多元化、全方位開展的同時，散文作家們總是能以生動的篇章爲時代留下生動的紀錄，以強烈的情感尋問整體族群的共同記憶，以各種類型的深挖廣織，爲時代豐富變貌刻畫出第一手的見證。簡媜這位秀異的散文家，不多的散文觀察常常能一針見血，她對散文與時代的密切關係就曾表示說：「散文比其他文類擁有較寬闊的腹地涵攝現代社會每一寸肌理的變化：開放探親後，以探親、大陸遊歷爲題材的散文一時眾聲喧嘩；自從環保意識蔚爲主流，有關生態保育等反思社會發展與自然倫理的文章蜂擁而至。散文作者以警敏的眼光體察社會脈動，搜攫題材，反映現實，在速度與產量上一直具有旺盛的活力。」檢視時代衍變的脈絡，一直是散文的主要內容，這一方面歸因於散文表達方式的直接，具有與時代脈搏同步的便捷性；另一方面也肇因於作者對「時代」這本大書的勤於翻閱。社會環境的新演變，生活的新感受新體驗，爲現代散文圖譜帶來了涵蓋著現代意識的新意象，而新意象的傳達描繪，靠的是作家們與時俱進的學養，以及衝破樊籬、勇於創新、敢於跨越的心理。

從文體／類型的跨越與裂變，作者身分的轉換，以及敘述方式的衍化，我們可以觸摸到本世紀以來現代散文蛻變的軌跡，成熟的脈絡；而從時代社會變遷的角度來觀察，也可以反思散文的本質、特性與歷史發展，同時看出作家的思想與社會情態、文風演變之間的密切關聯。所謂「文變染乎世情，興廢繫乎時序」，社會環境的改變，必然會衝擊到文學生態，也影響到文學題材的轉變。從日據時期到當代臺灣的散文發展，毫無疑問的，正是一個世紀以來臺灣政經環境、社會風貌、文化思潮、文學規律變遷演化的縮影。

當五四新文學／文化運動在大陸轟轟烈烈地展開之際，臺灣的作家們也立刻熱情地爲五四新思潮擂鼓助威，例如張我軍發表於1925至1926年間的《隨感錄》，就與魯迅的雜感文章遙相呼應，剴切張揚科學精神與戀愛自由等個性解放思想；賴和的〈無題〉與〈忘不了的過年〉，也緊扣著科學啟蒙與個性解放等主題。蔣渭水發表於1924年的〈入獄日記〉，揭露了異族壓迫下不願臣服的決心，這與楊逵寫於1937年的〈首陽園雜紀〉，異曲同調地表現出崇高的人格與民族氣節。四○年代的臺灣散文界，雖然作品數量依然不多，但在創作技巧與藝術質量上已有明顯躍進，如吳濁流的〈南京雜感〉，一方面介紹了汪僞政權統治下的南京現況，一方面則探究了所謂的「中國的性格」，將社會實錄與文化思想以生動描寫和反諷筆調夾敘夾議地呈現，成就可觀。吳新榮發表於1942年的〈亡妻記〉，爲吳新榮悼念亡妻毛雪芬之作，被黃得時稱爲「臺灣的浮生六記」，全文三萬餘言，寫得哀婉感人。整體來看，不論是對日本統治者的抨擊，還是文化的關注、人性的挖掘、風俗民情的刻畫，日據時期爲數不多的散文，都作了明顯而生動的體現。特殊的時代召喚特殊的題材，這一階段的散文確實有其獨特的視野與現實的意義。

五〇年代的散文，則以懷鄉、反共爲主要題材，呈現出略嫌單一且蒼白的色調，不過，有些散文「描寫親情和大自然風光，進而藉景抒情」，「這些溫馨親切的作品，表現出這個年代純樸敦厚的風格」（林錫嘉語）；六〇年代則以留學、西化、現代主義的思考爲主流，西方的文學觀念、技巧大量引進，但主要是對新詩、小說產生影響，散文界流行的仍是「冰心體」的抒情風。鄭明娳指出，冰心式的文藝腔主要有以下幾個特質：從日常生活事物中的片斷來取材，讚美親情母愛、兒童、大自然，尊敬生命，熱愛民族國家，文字淺白清麗，態度親切誠懇，情感溫柔眞切等。她還具體點名如張秀亞、張漱涵、琦君、胡品清、白辛、林文義、林清玄等人的散文，即是「承此流亞，具有以上大部分特色的散文」（〈臺灣現代散文現象觀測〉）。整體來看，五、六〇年代的散文「幾乎全是回顧式作品，內容相當質樸」（齊邦媛語），因爲當時對應的是一個貧困、克難、沉默的社會環境，不免制約了作家們在創作時的心理跨越。

七〇年代，則是臺灣從素樸年代跨入多元化社會的分水嶺。本土意識的萌發，政治力的釋放，經濟起飛後的物質富裕，以及中國時報、聯合報文學獎的成立，高信疆率領一批年輕寫手鼓動出「報導文學」的風起雲湧，「五小」出版社的成立，現代民歌運動，鄉土文學論戰等等，啟動了文學由西化轉向鄉土、由現代轉向寫實的文壇大勢。散文作家們懷抱淑世熱情，一起捲入了翻轉時代下的漩渦中。林錫嘉對此有精要的描述：「作品的精神於是從人與自然的和諧中出走，代之而來的是太多的自我意識，語言充滿批判性，描寫更見細微辭詳，使整個七〇年代以後的文學精神起了極大的改變，也影響了現代散文的表現形式。而臺灣近年社會的變遷，使臺灣成爲一個比較容許自我自由表現的社會，也形成了現代散文多元化寫作的可能性」（《八十三年散文選・編後記》）。七〇年代，在臺灣散文發展的歷史進程中，今日看來，確乎是有著分水嶺式的界碑地位。

八〇年代起，臺灣逐漸走向後工業社會，文學作品也隨之進入商品化的多元時代。八〇年代後期，兩岸關係產生新的互動，返鄉探親散文應時而生。解嚴後的開放出國觀光，促成旅行文學的一時風行。政治運動與鄉土意識相生相長，更全面的本土化傾向，使族群關係、國家定位、語言政策、環保議題等都進入散文領域，而被討論、書寫。然而，輕薄短小的消費模式，也使字數越來越少的札記、筆記、手記體散文大行其道，至於散文與影像、有聲書結合，也是商業化社會下的產物。此外，一些只求華麗包裝的淺俗之作，也大爲暢銷，可說是追求「速成」心理的直接投射。鄭明娳對八〇年代興盛的散文消費性格歸納出以下五個特點：短短的篇章、甜甜的語言、淺淺的哲學、淡淡的哀愁和帥帥的作者，堪稱一語中的。

1984年1月，臺灣唯一的一本純散文雜誌《散文季刊》創刊，不料竟於7月出版第三期後即停刊，令人遺憾一個能締造「經濟奇蹟」的地方，竟不能植灌出一座純散文的園圃。不過，從1981年起，每年由九歌出版社支持的《年度散文選》，至今依然每年出版，正如編者之一的簡媜所言：「這條路不算短，正好見識一個社會從沉默到吶喊，自細綁而騰躍的歷程，也體驗文學從長江大河漸次瘦成喘息溪流的過程」（《八十四年散文選・編後語》）。多年的堅持，無形中建立起當代臺灣散文具體而微的文學史典律，其中作品題材包羅萬象，風格煥然多變，適足以彰顯臺灣散文眾聲喧嘩的樣貌。跨越新世紀，希望這個現代散文的歷史工程能熱度不減地辦下去。陳義芝認爲：「散文眞正人才輩出的年代，還要推遲至八〇年代以後，工商活動日繁，社會活力日盛，資訊解禁，新的思想萌生激盪，一個類似先秦諸子的時代終於來臨了！」（《散文二十家・序》）這個看法可以從年度散文選集中的如林佳作得到印證。

進入九〇年代以後，新的題材，新的類型，使散文的天地更廣，路向更寬。面對跨越的年代，作家們企圖跨越文類，跨越政治立場之爭，跨越寫實與現代之爭，跨越新舊世代的努力歷歷可見。主流與非主流，中心與邊緣，經典與另類，強勢與弱勢，不同的美學觀點，不同的藝術品評，各類作家各擁自己的讀者，各類文評各說各話，雅俗完全可以自賞。傳統散文習以爲常的邊界瓦解了，跨越邊界的文學多元時代開始了。大陸學者王宗法在〈論八〇年代臺灣文學的走向〉一文中曾提到：「幾十年來那種脈絡分明的階段性『主潮更迭』，已經讓位於同樣分明的『多元發展』，不再有那一種文學高高雄踞於文壇之勢了。而是你中有我，我中有你，多少年來涇渭分明的創作面貌，被互相認同，互相滲透，互相吸收的『融合』趨勢所取代，出現了一個嶄新的歷史階段。」這段話大致說明了九〇年代明顯的文學形勢。尤其在網路媒體活躍的今天，迥異以往的書寫／閱讀形態、遊戲規則，正營造出一種新的文學生態。「當舊媒體仍執著於散文家、小說家的分野時，網路世界那兒是否已出現人面獸身，冶各文體於一爐，全方位地揮灑其專業或專題？」（簡媜語）媒介的跨越，是否正蓄勢待發地在蘊釀一場文學革命？而現代散文的裂變與演化是否也將進入一個新的階段？值得我們拭目以待。

回顧本世紀以來的散文發展路程，以救亡爲主調的吶喊（如魯迅「投槍」、「匕首」式的雜文；五、六〇年代的反共懷鄉之作），以啟蒙爲宗旨的呼籲（如三〇年代的報告文學或臺灣七〇年代的報導文學），以及以純美爲中心的吟哦（如林語堂「以自我爲中心，以閒適爲格調」的主張），始終是散文的三條主線道。當救亡壓倒一切的三〇年代，純美意識的提倡曾被圍剿抨擊過。到了九〇年代，拜政經條件的穩定所賜，純美的凝望再度復甦，飲食、服裝、情色、旅行等等，不僅大受歡迎，甚至有的還建構起強而有力的類型體系（如旅行文學體系就包括了：旅行專業雜誌，以旅行爲主線書系的出版社，旅行相關的電視／電臺節目，甚至還有旅行文學獎、研討會、文藝營等）。正如前面所述，散文沒有邊界的開放性，類型裂變的豐富性，在在說明了散文此一文體是「強悍而美麗」（劉大任語）的。

九〇年代的大陸文學界，散文熱成爲一種文學現象，論者且稱九〇年代是「散文時代」。王安憶還提到：「新時期曾經有一度，主張小說向散文學習，意思是衝破小說的限定，追求情節的散漫，人物的模糊，故事的淡化，散文的不拘形骸這時候作了小說革命的出路。」這似乎又證明了散文這一邊緣性文體所具備的向中心地位挑戰的實力。九〇年代的臺灣文學界，並未出現「散文時代」的說法，但不論在五十多年的時間跨度，散文創作的數量規模，或是藝術表現的美學維度上，臺灣當代散文早已擁有成爲一部承載文學斷代史或散文美學論的完備材料。跨越新世紀之際，希望針對本世紀散文成果的評論能逐漸增加，而散文家們，在純美意識抬頭、實驗場域大開之後，也能夠戮力於營造新的魔幻驚奇，記憶一個時代，輝煌一個世紀。

【本文發表於《文訊》雜誌1999年9月號】

附錄二

中國現代散文發展概論

在五四時期大放異彩的現代散文，其實是經歷了清末民初文學革新運動的孕育與過渡後的產物。清末以康有爲、梁啟超、譚嗣同、黃遵憲、嚴復等人爲主的維新派散文作家群，加上以章太炎、陳天華、秋瑾、鄒容等人爲代表的革命派散文作家群，相繼以衝破傳統古文樊籬，開創適應新時代的新文體自許，他們在「文界革命」上的努力，爲現代散文的發展開闢了一條新路徑，也爲五四新散文的興起掃蕩了障礙，提供了必要的條件。不過，清末民初的文界革新是不徹底的改良，只做到「舊瓶裝新酒」，尚無法意識到以白話代替文言的根本性與重要性。

散文眞正成爲一種現代型態的獨立藝術形式，而且取代傳統古文，甚至與其他文類相比也毫不遜色，是在五四時期。以白話文爲書寫工具的新文學運動，在思想運動與政治運動的推波助瀾下，自覺且徹底地風靡文壇，成爲不可阻擋的文學主流。現代散文正是在文學自身要求與時代所需的背景下誕生。因爲散文自身靈巧輕便的文體特性，加上繼承豐富的古文傳統和借鑑西方隨筆散文的長處，使現代散文一登場，就以其種類繁多、題材廣泛、品種齊全及作家隊伍龐大而取得突出的成績與耀眼的榮景。朱自清對這一時期散文「絢爛極了」的盛況有一段經典性的描述：「有種種的樣式，種種的流派，表現著、批評著、解釋著人生的各面，遷流漫衍，日新月異：有中國名士風，有外國紳士風，有隱士，有叛徒，在思想上是如此。或描寫，或諷刺，或委曲，或縝密，或勁健，或綺麗，或洗練，或流動，或含蓄，在表現上是如此。」魯迅的看法也是如此，他說：「到『五四』運動的時候，才又來了一個展開，散文小品的成功，幾乎在小說戲曲和詩歌之上。」足見現代白話散文這個五四新文學的新生兒，一出場就大展身手，占據了時代文學的潮頭。

一、二〇年代：文體意識覺醒下的摸索與崛起

五四新文學運動的「現代性」標誌，語言的改變是最易辨識的形式特色，但除了語言，還有題旨、敘事模式、表現技巧等多方面的區別。從形式到內容，從思想到技巧，心理分析、意識流、象徵、觀點運用等，都使得現代文學在文體意識的覺醒之後，透過作家們的創作、摸索與實驗，呈現出眾聲喧嘩、繽紛多姿的熱鬧局面。現代散文就在「是什麼」的文體思索中，與「能什麼」的多方嘗試下，為自身的藝術典律與文體樣式進行了迥異以往、別開生面的大膽試驗，並因此取得了豐富的藝術成果。

1.雜文、美文、報告文學：散文主樣式的初步確立

在現代散文眾多品種中，率先脫穎而出的是議論性質的雜文，其次是以抒情、寫景、敘事為主調的小品文、美文；此外，在二〇年代也已經開始出現夾敘夾議、兼具新聞性與文學性的報告文學。在此後三十年的現代散文發展史上，雜文、小品文與報告文學基本上成為散文家族中最耀眼、最主要的三個成員。雜文以其短小精捍、犀利潑辣，可以充分發揮匕首與投槍功能的特性，在文學革命與思想革命上扮演著帶領的作用，而且也是白話文藝術特質較早顯示的文體之一。二〇年代聲勢顯赫的雜文寫作熱潮，始於《新青年》於1918年4月15日首闢的「隨感錄」專欄，主要撰稿者有李大釗、陳獨秀、錢玄同、劉半農、周作人等，其中以魯迅的雜文成就最大。以《新青年》為陣地，形成了一股「隨感錄」熱潮，影響所及，《每周評論》、《晨報副刊》、《民國日報・覺悟》等報刊也競相仿效。這一時期的雜文，充滿反帝反封建的革命精神，熱情洋溢，批判力強，可以說，現代散文自誕生開始就離不開戰鬥色彩。

和《新青年》雜文風格接近的還有1924年形成的「語絲派」。

這批作家以《語絲》周刊爲園地，發表「簡短的感想和批評爲主」的雜文，代表作家有魯迅、周作人、林語堂、俞平伯、錢玄同等。他們的雜文強調「富於俏皮的語言和諷刺的意味」，被稱爲「語絲文體」，在當時影響頗大。從《新青年》到《語絲》，現代雜文的發展日益成熟，在文學色彩與文體樣式方面都有所精進。運用雜文這一藝術形式，犀利批判舊道德、舊文化的代表作家是魯迅，他在這一時期結集的《熱風》、《華蓋集》、《墳》等，都充滿辛辣明快的戰鬥激情。

小品文或美文的出現略晚於雜文，約在1919年以後，但其作者與作品的數量卻很快就超過了雜文。周作人是最早提倡以個人言志爲主、具藝術表現的敘事抒情散文，並以其過人的才情在理論與創作上都有傑出表現的作家。他於1921年5月發表的〈美文〉，爲新文學開闢了新的園地，不以戰鬥爲目的的文體開始出現。他的散文風格既有《談龍集》、《談虎集》的浮躁淩厲，又有沖淡平和如〈故鄉的野菜〉、〈苦雨〉、〈初戀〉、〈烏篷船〉等美文，一如其性格中「叛徒」與「隱士」兼備的雙重性。同樣具有這種雙重性格的是魯迅，他一手寫鬥志昂揚的雜文，一手也能寫最個人化的小品美文。任心閒談的《朝花夕拾》，充滿追憶童年、舊事重提的溫柔與滄桑，而自言自語的《野草》開創了「獨語體」散文的新風貌，也首開現代散文詩的成熟樣式。可以說，現代散文在周氏兄弟手中開始，也在周氏兄弟手中成熟。

至於報告文學這一散文新樣式，雖然要到三〇年代才有較成熟的代表作品與相關理論，但自二〇年代初期起，此一強調新聞性與敘事性的散文表現方式，就已有一些作家開始嘗試，其中以瞿秋白的《餓鄉紀程》與《赤都心史》最爲突出，論者多認爲首開現代報告文學之先河。瞿秋白是在1920年以北京《晨報》特約記者身分去莫斯科考察十月革命後蘇俄的實況，他將兩年間的見聞感受，透過這兩本散文、報告文學集加以忠實呈現，內容涉及政治、經濟、文化、社會等不同層面，既有對蘇俄人民鬥志昂揚的讚美，也有生活艱苦的目擊，文體多變，包括雜感、雜記、散文詩等，其中多篇已具報告文學雛形。二〇年代中期，隨著「五卅」運動、「三一八」慘案等政治事件的相繼發生，許多作家寫了一些類似報告文學的敘事散文，富現實意義且不乏強烈的批判性，如茅盾的〈暴風雨〉、葉聖陶的〈五月卅一日急雨中〉、朱自清的〈執政府大屠殺記〉、陸定一的〈五卅後的上海〉等，這些散文既有較強的新聞時效性與眞實性，又有生動的文學性，可以視爲現代報告文學的濫觴。

2.爲人生與爲藝術的散文路線

在二〇年代的文學發展中，分別成立於1921年1月的文學研究會與6月的創造社，是最具影響力與代表性的兩大社團。文學研究會以「爲人生」的現實主義精神著稱，代表作家除周作人外，還有朱自清、冰心、葉聖陶、許地山等，在散文領域中都占有一席之地。他們在總體創作傾向上持嚴肅態度，爲現實人生與社會而寫作，其中寫實風格最鮮明的是葉聖陶、鄭振鐸和茅盾。葉聖陶的《未厭居習作》（1925）是他在這一時期的代表作，如〈藕與蓴菜〉、〈沒有秋蟲的地方〉等堪稱佳作，郁達夫評論其散文風格爲「風格嚴謹」「腳踏實地」，且認爲一般的高中生，要學習散文的寫作，葉聖陶的散文是最爲適當的模範。散文被郁達夫說是「有著細膩的風光」的鄭振鐸，《山中雜記》（1927）中有多篇寫得質樸眞率。茅盾則以大量的雜文隨筆見長，觀察周到，分析清楚，但抒情練句較弱。許地山的《空山靈雨》（1925）有強烈的個人抒情色彩，篇幅短小，但充滿寓言哲理，時有奇特的構思，也有人性佛理的探討，其中以〈落花生〉一篇最為人熟知。

創造社以個人化的浪漫主義色彩為其文學特徵，強調文學「為藝術」的追求，直抒胸臆，長於情緒感染，但有時不免濫情。郁達夫是代表作家，這時期的散文以遊記及帶個人自敘傳色彩的抒情作品為主，創作量豐富，有《過去集》（1927）、《奇零集》（1928）、《敝帚集》（1928）等，其中〈故都的秋〉、〈一個人在途上〉、〈給一位文學青年的公開狀〉、〈還鄉記〉等篇膾炙人口，透過細節的細膩描寫，作者苦悶、自憐的情緒起伏一一浮現。創造社的其他成員還有田漢、郭沫若、成仿吾等。田漢於1922年出版了日記集《薔薇之路》，文字頗有才情；以文學批評名世的成仿吾也曾出版散文集《流浪》（1927），其中〈太湖遊記〉一文寫得情景交融，充滿眞實的情感；郭沫若的散文集有《橄欖》（1926）、《水平線下全集》（1928）、《山中雜記及其他》（1929）等，內容形式多樣，有小品、隨筆、日記、書信、短評、序跋等，不拘一格，情感奔放如烈火狂風，郁達夫指他的散文「主觀色彩濃郁，寫時隨意不滯，任感情流瀉，不加以拘束」，這既是指郭沫若的散文風格，也是創造社的文學風格。

此外，二○年代中期還有《現代評論》派的散文值得注意，其成員多為留學歐美的自由主義作家，如胡適、徐志摩、陳西瀅、梁實秋、凌叔華等，因受唯美主義影響較大，為藝術而藝術的傾向較明顯。最具代表性的人物是徐志摩，他的《落葉》（1926）、《巴黎的鱗爪》（1927）、《自剖》（1928）等散文集，均風行一時，和他的詩名一樣讓人傳頌至今。一生追求愛、美、自由的徐志摩，散文語言華麗，比喻生動，情感眞切，但有時會濃得化不開。陳西瀅創作不多，但《西瀅閒話》（1928）因內容豐富，見解獨特，且多出之以隨筆閒話的體裁，而以「閒話家」風格知名。

綜觀二〇年代散文的發展，其成果是豐碩的。在文學革命後的第一個十年間，散文名家輩出，佳作如林，而且各種不同風格、類型的散文書寫，在往後都有持續的深化廣掘。各種技巧、手法也都得到自由的發揮。作家個性的突出表現，使現代散文一開始就擁有自己鮮明的面貌。郁達夫說：「現代的散文之最大特徵，是每一個作家的每一篇散文裡所表現的個性，比從前的任何散文都來得強。」這個特點從散文一開始誕生就已如此。不論是戰鬥激昂，還是閒適唯美，都表現出作家自身的學養、才情、志趣與理想，也因此，現代散文在藝術及思想兩方面都達到了很高的成就。在文學革命、語言嬗替的摸索期就能有如此耀眼的成就，應是難能而可貴的。

二、三〇年代：革命主潮下的複調與變奏

一如小說在三〇年代的出色表現，散文也同時迎來了繁麗的春天，散文藝術有了更爲寬廣深入的探索。有的作家向古典散文汲取營養，有的則向域外隨筆借鑑，產生新的藝術表現動能與規律。但不可否認的，政治情勢的嚴峻發展與文化界一系列理論問題的論爭，使作家面臨立場的選擇與態度的分化，不論是左翼文人，還是自由派作家，或是企圖遠離政治紛擾的一些京派和其他作家，都無可避免地籠罩在黨派鬥爭陰影下，或掙扎，或隱退，或犧牲，或狂熱。國共鬥爭，黨內分化，階級對立，加上日軍的野心侵略，人民困苦不堪，政局擾嚷不斷。在這樣的時代社會背景下，強調功能、宣傳、實用的革命文學成了三〇年代的主潮流。在散文方面，「和讀者一同殺出一條生存的血路」的雜文，以及由左聯積極倡導的報告文學，在這一時期因此有了更進一步發展的空間。但小品散文並未因此消退，文體意識的覺醒比前一時期更爲加強，不同風格的作家與作品使三〇年代的散

文有了長足的發展。

1.進入全盛期的雜文

談到三〇年代的雜文，魯迅依然是此中翹楚。可以說，他在後期把主要精力都投注到了雜文的寫作上，而且質量都很可觀。在他的影響下形成了一批以雜文寫作爲主的作家群，包括瞿秋白、唐弢、徐懋庸、聶紺弩、巴人、阿英等，這些作家多半左傾，他們選擇可以發揮匕首和投槍作用的雜文，重視散文的現實批判性，因爲他們是追隨魯迅風格，因此有些論者將這批作家的雜文風格稱爲「魯迅風」。這些作家的相繼投入，使雜文在三〇年代進入全盛期。瞿秋白從二〇年代初開始寫雜文，三〇年代是豐收期，代表作是《亂彈及其他》（1938）一書，筆力犀利，語言直白，內容多爲社會批判和文藝雜感，可說是「魯迅風」作家中成就最高者。徐懋庸的雜文也寫得凌厲潑辣，這一時期的雜文結集有《打雜集》（1935）、《不驚人集》（1937），魯迅曾爲《打雜集》作序，稱許他的作品「和現在貼切，而且生動、潑辣、有益，而且也能移人情」。唐弢本時期主要的雜文集有《推背集》（1936）和《海天集》（1936），觀察敏銳，一針見血，且富有文采。作爲文藝理論家及文學史家，阿英也寫了不少雜文，善於結合歷史掌故，可讀性高。至於巴人、柯靈、聶紺弩等人的成就主要是在抗戰以後。

一手寫抒情、敘事的小品散文，一手又能寫批判性強的雜文，在左翼作家中成就較高者，當推茅盾。他自三〇年代開始才眞正把雜文當作文學創作，先後在報刊上發表了大量的雜文，後來結集有《速寫與隨筆》（1935），論析透徹，見人所未見，且文筆簡練生動，被稱爲「散文家或者小說家的雜感」。至於《話匣子》（1934）、《印象感想回憶》（1936）等散文集，則情感熱烈，兼具文學性與思想性，部分反映現實之作，其深度與廣度直追魯迅。

2.在文體自覺下風貌紛呈的小品散文

寫作小品散文，且風格獨特、文學藝術表現出色的作家，在本時期不少，值得注意的除了林語堂外，還有新月散文作家群、開明散文作家群、京派散文作家群、東北散文作家群等許多不同流派、特色的作家。當然也有一些其他作家，即使同爲一組作家群，其各自散文面貌也可能大同而小異，這樣的歸類只是便於說明。

新月派的文學表現，在二〇年代即已爲人矚目，主要成員徐志摩、胡適、梁實秋等，後來也是《現代評論》派的骨幹。徐志摩的散文成就主要在二〇年代；梁實秋則在抗戰時期開始他一系列膾炙人口的《雅舍小品》的寫作；胡適的散文一向嚴謹理性，但語言時有新意，這一時期出版了自傳散文《四十自述》（1933）及遊記《南遊雜憶》（1935）等；袁昌英的寫作態度也是認眞不苟，《山居散墨》（1937）是她三〇年代小品散文、雜文和評論的結集；新月派的另一大將朱湘，雖以詩歌聞名，但散文也頗有影響，《海外寄霓君》（1934）見其深情，《文學閒談》（1934）、《中書集》（1934）則多發議論。

以開明書店爲活動核心的文人群，散文寫作也自成一格，主要的散文作家有夏丏尊、葉聖陶、豐子愷、朱自清、朱光潛等。他們的寫作態度認眞嚴謹，懷抱著淑世的熱情，是積極的爲人生派，善於表現世態人情，文字簡練質樸，耐讀而有味。夏丏尊是這群作家中年齡最長者，豐子愷、葉聖陶在寫作上都曾受他啟發，他於1921年返回故鄉浙江上虞協辦春暉中學，在他的號召下，豐子愷、朱光潛、朱自清等人曾應聘來此任教，論者將這批於1921至1924年間在此教書、寫作且散文呈現一致清澈質樸風貌的作家們稱爲「白馬湖作家群」。

夏丏尊的散文結集者只有薄薄一冊《平屋雜文》（1935），數量不多，但一篇〈白馬湖之冬〉膾炙人口，其餘作品體式多樣，有隨筆、評論、書信、序跋等，因此他覺得自己的散文正適合稱爲「雜文」。豐子愷從二〇年代即開始發表作品，三〇年代已成果斐然，主要作品有《緣緣堂隨筆》（1931）、《子愷小品集》（1933）、《車廂社會》（1935）、《緣緣堂再筆》（1937）等，內容多取材於日常生活，往往能見微知著，耐人尋味，一些書寫兒童天眞情態的散文，細膩而傳神。巴金曾談到以前讀豐子愷散文時的印象：「就像見到老朋友一樣，感到親切喜悅，他寫得十分樸素，非常眞誠。」豐氏之文風與人品，長期以來擁有眾多讀者。

京派散文作家群以《大公報》的文藝副刊爲陣地，包括沈從文、蕭乾、何其芳、李廣田、卞之琳、林徽因、蘆焚（即師陀）、曹禺等，因其主要活動在北方，被稱爲京派。其中又以沈從文、蕭乾二人爲中心，因爲沈從文在1933年開始主編《大公報》文藝副刊，而蕭乾於1935年後接編，他們培養（結合）了以上這些作家，並以個性鮮明的散文爲三〇年代文學發展做出了不容忽視的貢獻。沈從文的文字極富魅力，充滿鄉土色彩，善於從神話、傳說、民俗、地理、歷史等不同角度，勾勒出一幅幅神祕、玄奇、迷人的湘西風情畫。《從文自傳》（1934）、《湘行散記》（1936）是這一時期的代表作。寫景如畫，寫人物栩栩如生，可以看出一位優秀小說家獨具一格的散文表現。蕭乾以旅行通訊、報告文學爲人稱道。何其芳、李廣田、卞之琳三人曾合作出版詩集《漢園集》，被稱爲「漢園三詩人」，表現在散文上，三人既有共同對素樸的詩的靜美的追求，但也各有獨特的藝術風格。何其芳《畫夢錄》（1936）爲抒情散文開拓出一個新的園地，獨語式的筆調，文字細膩而嫵媚，而且他是將散文視爲獨立的藝術創作來投入，這使他的散文在純美意識的表現上達到了一定的高度，其文中自然流瀉的美麗與哀愁、寂寞與溫柔，往往令人沉浸其中，感受著邈遠的美感。但《畫夢錄》中有些篇章顯得雕琢，而且題材多集中於一己愛情的憂傷，不免有些狹隘，到《還鄉雜記》（1939）後，題材領域開始擴大，把筆尖對準了更廣闊的人生。李廣田的散文較質樸、渾厚，這一時期有《畫廊集》（1936）、《銀狐集》（1936）兩本散文集出版，他的散文多以故鄉、身邊人事為素材，充滿著自我鮮明的面貌，樸實中也散發著情思之美。大體來說，京派散文作家群在文體創造上較有自覺的追求，並寫出了不少具藝術審美價值的佳作。

東北散文作家群以蕭紅、蕭軍、李輝英、端木蕻良、白朗等人較知名，他們在日軍占領東北後，被迫離開家園，因此作品多以回憶家鄉生活、反映東北人民在日軍鐵蹄下的苦難為主要素材，一方面表現出濃厚的地方色彩，一方面對人性心理有真實的刻畫。蕭紅在三〇年代的散文集有《商市街》（1936）、《橋》（小說散文合集，1936），大都以其女性細膩的描寫，記述自己的生活經歷與感情世界，具有鮮明的自敘傳色彩。性格爽朗、剛健的蕭軍，散文活動主要集中於三〇年代，代表作是《綠葉的故事》（詩文合集，1936）、《十月十五日》（散文小說合集，1937），語言質樸有力，情感愛憎分明。端木蕻良創作以小說為主，散文未結集成冊。李輝英則有《再生集》（1936），部分作品描述東北人民生活的痛苦，部分則追憶昔時童年生活，文風以自然樸素為主。

本時期在小品散文方面成就較高者還有梁遇春、蘇雪林、陸蠡、黎烈文、吳組緗、繆崇群、鍾敬文、陳學昭、麗尼、謝冰瑩、柯靈、廬隱等多人。梁遇春的《春醪集》（1930）、《淚與笑》（1934）充滿感傷情調，形式多變，不拘一格，有「文體家」之稱，強烈的抒情性，加上富啟發性的哲思，使他的散文顧盼生姿，風格突出。鍾敬文在這一時期有《西湖漫拾》（1929）、《湖上散記》（1930）爲人稱道，筆風清淡有味，多自生活取材，文風近周作人一路。陸蠡則以文字眞切細膩、詩意盎然爲其散文特色，三〇年代的散文集有《海星》（1936）、《竹刀》（1937），他和另一風格相近的作家麗尼，都以語言講究、自覺追求詩之純美意境爲散文經營的目標。

3.報告文學的蓬勃興起

五四時期開始出現的報告文學，在三〇年有了明顯的成長，這和「左聯」積極地提倡有關。1930年8月，左聯執委會通過決議，要參考西歐的報告文學形式，推展「工農兵通信運動」，「創造我們的報告文學」，並隨即在左聯刊物上發表由柔石寫的報告文學作品〈一個偉大的印象〉。報告文學之所以在三〇年代成爲文學主潮之一，除了與左聯的倡導有關外，外國報告文學理論與作品的大量輸入，以及局勢的動盪也是重的的因素，特別是「九一八」及上海「一二八」事變的發生，使報告文學成爲寫作熱潮。不論是個人完成還是集體編輯的報告文學作品集，都爲三〇年代複雜的社會變化留下第一手的生動紀錄。以集體寫作的群眾性報告文學而言，阿英於「一二八」事變後編輯出版的《上海事變與報告文學》（1932），茅盾仿效高爾基主編《世界的一日》的作法，也發起徵文而編成《中國的一日》（1936），是這類報告文學的代表作。個人寫作的報告文學作品也因日漸成熟而受到歡迎，其中夏衍的〈包身工〉（1935）和宋之的的〈一九三六年春在太原〉（1936）被稱爲奠基之作。夏衍在寫作之前，親身到上海工廠進行採訪調查兩個月，以其見聞揭發出在東洋紗廠這個人間地獄裡，一群失去人身自由的女工們慘絕人寰的悲慘遭遇，對近代資本主義和帝國主義結合下無人道的剝削提出了滿腔激憤的控訴。宋之的則以自己的親身實地感受，描述太原在閻錫山統治下，因實施「防共」措施和頒行「好人證」，使人民陷入不安的恐怖氣氛中。這兩篇作品因手法新穎，富現實意義，堪稱三〇年代報告文學成熟的傑作。

此外，蕭乾從1932年開始寫的〈流民圖〉、〈平綏瑣記〉等旅行通訊，後來結集爲《人生採訪》（1947）一書。鄒韜奮則把1933年後在歐洲、蘇聯的見聞寫成《萍蹤寄語》（三冊，1934-1935）。范長江則以西北地區考察旅行，及對中共軍隊動態、西安事變等報導，震撼全國，後匯集成《中國的西北角》（1936）、《塞上行》（1937）、《川軍在前線》（1938）等書，都產生轟動效應。隨著戰爭情勢的日漸發展，報告文學的重要性與日俱增，它結合文學性與新聞性的文體特色得到了進一步的發揮，和戰鬥性的雜文一樣，報告文學成爲三〇年代的文學主調。

三、四〇年代：戰爭陰影下的困境與堅持

從1937年至1949年，現代散文的發展又呈現出新的風貌。八年抗戰與國共內戰，使第三個十年籠罩在煙硝戰火的陰影下，但作家的熱情也因此被激發，而使散文創作有了另一次的豐收。根據賈植芳和俞元桂主編的《中國現代文學總書目》中的統計，1917年至1937間，正式出版的散文集有八百多部，而1937年至1949年底就出版了1170部，也就是說，第三個十年散文創作的總量遠超過前兩個十年的總和。由此亦可見，戰爭的影響固然嚴竣而殘酷，作家們在流離顛沛中仍不忘堅持創作及文學的使命。當然，不同的時代召喚不同的文體，相對而言，雜文與報告文學因其直接迅速反映現實的文體特

性，在民族危機空前嚴重的階段，得到了充分發展、繁榮的空間，而較個人化的小品散文則不免受到擠壓，但部分作家在這一時期仍有藝術水準成熟的佳作問世。

1.報告文學的空前繁榮

延續上一階段的迅速崛起，戰爭，再一次賦予報告文學新的使命，尤其是抗戰初期，幾乎所有的作家都曾投入過報告文學的寫作，文藝刊物也都以最多的篇幅來刊登，如《抗戰文藝》、《群眾文藝》、《吶喊》、《七月》等，都開闢專欄發表這類「速寫」、「特寫」、「通訊」的報告文學作品。但初期以激動人心爲功能的創作，不免在藝術性上稍嫌草率，隨著局勢的發展，文學理論家的深入研究，到後期逐漸向文學回歸，扭轉了部分粗濫、教條化的現象。

這一時期的報告文學題材，自然是以戰事的進行爲中心。或寫軍民聯合抵禦日寇入侵的戰鬥事件與場面，如蕭乾的〈劉粹剛之死〉、以群的〈臺兒莊散記〉等；或記日軍侵略暴行給中國人民帶來的苦難，如曹白〈這裡，生命也在呼吸〉、蕭乾〈流民圖〉、汝南〈當南京被屠殺的時候〉等；或敘前線戰士英勇殺敵的愛國精神，如丘東平的〈一個連長的戰鬥遭遇〉、駱賓基的〈我有右胳膊就行〉、碧野的〈北方的原野〉等；也有抨擊政府腐敗及漢奸罪行的，如于逢〈潰退〉、丘東平〈逃出了頑固分子的毒手〉等。不論國統區還是淪陷區，報告文學對前後方的眞實情況都有著不同側面的反映，爲時代動盪留下了生動的見證。至於延安地區的報告文學也同樣活躍，作家紛紛投入寫作，數量不少，有集體創作的如《五月的延安》、《渡江一日》等，有個人創作的如丁玲《一顆未出膛的槍彈》（1938）、《一年》（1939）、周立波《晉察冀邊區印象記》（1938）、《戰地日記》（1938）、沙汀《隨軍散記》（1940）、周而復《諾爾曼·白求恩斷片》（1948）等。此外，這一時期也積極從事報告文學創作者還有曹聚仁、范長江、姚雪垠、司馬文森、茅盾、吳伯簫等。

2.魯迅風雜文蔚爲風潮

雜文大家魯迅的影響力，在第三個十年中不僅不曾消退，反而得到更大的繼承與發揚，新的雜文作家群與創作中心相繼出現，蔚爲風潮。在上海「孤島」時期的文學創作，就以雜文的成績最爲耀眼，經常刊登雜文的刊物有《魯迅風》、《文匯報》副刊《世紀風》、《雜文叢刊》等十餘種，而主要作家有巴人、唐弢、柯靈、文載道、周木齋等人，作品富現實批判精神，對日本侵略者、漢奸走狗等，都有毫不留情的抨擊。這些作品有的是個人結集，如巴人《捫虱集》（1939）、《生活、思索與學習》（1940），唐弢《投影集》（1940）、《勞薪集》（1941），柯靈《市樓獨唱》（1940），周木齋《消長集》（1939）等；也有多人合集，如《邊鼓集》（巴人、唐弢等六人，1938）、《横眉集》（孔另境、巴人等七人，1939），雖然作家風貌各有不同，但時事批判的積極性與戰鬥目標卻是一致的。

孤島的雜文作家堪稱陣容堅強，多人師法魯迅，繼承其戰鬥精神，以《魯迅風》雜誌爲中心，形成《魯迅風》雜文作家群，其中以巴人、唐弢成就較高，他們都部分學到了魯迅雜文的風格：巴人的語言犀利，文筆靈活，流露出強烈的現實主義色彩；唐弢的內容駁雜，不拘一格，但文理交融，可讀性高。

在大後方的桂林文壇，以雜文刊物《野草》爲陣地，產生了一個雜文作家群，包括夏衍、聶紺弩、宋雲彬、孟超、秦似等，風格也近似魯迅，其中以夏衍、聶紺弩較有成就。夏衍文字樸實，說理明晰，曾主編《救亡日報》、《南僑日報》等，寫了大量雜文，代表作有《此時此地集》（1941）、《長途》（1942）等；聶紺弩從事雜文寫作甚早，但大量創作是在抗戰期間，《野草》上有他以筆名蕭今度、耳耶寫的多篇雜文，他的雜文以說理見長，卻又不失幽默，富有趣味，這一時期的代表作有《歷史的奧祕》（1941）、《蛇與塔》（1941）等。重慶文壇自然也有一群雜文作家，馳名者有郭沫若、馮雪峰、茅盾、胡風等。創作量較豐者是郭沫若，《羽書集》（1941）、《蒲劍集》（1942）等均可看出他充滿激情、以氣勢取勝的雜文風格；馮雪峰在抗戰期間也寫了大量關注時事的雜文，他的文風嚴謹，論理井井有序，冷靜中不失熱情，代表作有《鄉風與市風》（1944）、《有進無退》（1945）等；胡風的雜文也與抗戰息息相關，《棘源草》（1944）即是他在文學評論之餘所寫雜文的結集，文筆犀利，言之成理，對日本軍國主義、漢奸賣國行徑等都有深入的譴責。

至於延安文壇，也有謝覺哉、何其芳、林默涵、丁玲、蕭軍等人涉足雜文寫作，他們或多或少受到魯迅的啟發與影響，但比魯迅更明朗淺顯。除了抨擊揭發，延安雜文也出現了歌頌性的雜文。他們的作品主要發表在延安的《解放日報》，其中以謝覺哉明白如話、說理直接的雜文最受歡迎，《一得書》（1942）是這一時期雜文的結集。1942年延安文藝座談會後，受文藝整風影響，雜文的數量銳減，題材也漸趨單一化了。

3.小品散文在困境中堅持

以抒情敘事爲主的小品散文，受到整體戰亂氣氛的影響，大批作家都積極投身於抗日工作，因此，抗戰必勝、人民必勝的救亡呼聲成爲主調，小我被大我取代，情感上也轉向激昂，但仍有部分作家與作品，顯現出個人成熟的風致，以優美的散文爲散文藝術的推展再添佳績。此外，這一時期對散文理論的探討也留下了幾篇具個人見解的代表作，如丁諦的〈重振散文〉、林慧文〈現代散文的道路〉、葛琴〈略談散文〉、李長之〈關於寫散文〉、朱光潛〈散文的聲音節奏〉等。

茅盾是以雜文見長的散文作家，但他的一些抒情敘事散文也寫得優美感人，如《白楊禮贊》（1942）書中的〈白楊禮贊〉一文，運用象徵手法，以挺立在黃土高原上的白楊樹來比擬北方農民樸質、堅強的精神，富藝術感染力。他這一時期還有《見聞雜記》（1943）、《歸途雜拾》（1944）等散文集，記錄了戰時的流亡生活。蕭紅在戰時流離遷徙，際遇坎坷，因此作品中不時流露對東北故鄉的思念，如〈失眠的夜〉等，她以女性的細膩情感，娓娓訴說心中的悲歡憂喜，很有柔婉清新的風韻，幾篇懷念魯迅的眞情散文甚獲好評，散文結集有《蕭紅散文》（1940）、《回憶魯迅先生》（1940）。豐子愷的《教師日記》（1944）、《率眞集》（1946）維持其一貫文字平淡質樸、自生活中取材的特色，但多了對現實情勢的關懷、家仇國恨的注視。馮至在抗戰期間只出版一冊薄薄的《山水》（1943），詩意的文字加上對人物出色的描寫，堪稱文情兼美之作。此外，魯彥、艾蕪、郭風、何其芳、李廣田、丁玲、孫犁、靳以、葉聖陶、王力、李輝英、周作人、冰心、李健吾、陸蠡、王統照、楊朔、沈從文等人，都在這一時期創作了具個人特色的散文集。

在第三個十年中，値得注意的還有巴金、錢鍾書、張愛玲三位作家，他們都以小說聞名，但創作散文一樣成就不凡。巴金在這一時期創作了大量散文，出版有《夢與醉》（1938）、《感想》（1939）、《龍・虎・狗》（1942）、《廢園外》（1942）等多冊，或寫旅途見聞，或懷念友人，或抒生活雜感，或關懷時局變化，充滿熱情，眞摯不假，具有震撼人心的力量。錢鍾書以其和小說《圍城》一般的幽默與機智，創作了散文集《寫在人生邊上》（1941），雖只收十篇散文，但雋永有味，析理入微，是不錯的學者散文，尤其是〈魔鬼夜訪錢鍾書先生〉一篇，設想新奇，諷刺人性深刻。揚名上海文壇的一代才女張愛玲，以散文集《流言》（1944）讓人見識了她獨特絕美的藝術風格，〈愛〉一篇極短卻又極美，顯現了女性細膩又準確的心理深度。個性十足的張愛玲，文字表現令人驚豔，許多從日常生活事物觸發的聯想，留下了一幅幅生動的上海浮世繪，如〈公寓生活記趣〉、〈到底是上海人〉、〈道路以目〉等均是「張愛玲式」的散文。以散文藝術的獨特審美意趣與層次來說，張愛玲的出現，使散文的生命更爲多彩與活潑，甚且成了一頁滄桑中不失豐饒的傳奇。

現代散文三個十年的發展，一如其他文類整體的命運。以實用、功能、戰鬥、批判甚至宣傳的現實主義精神爲主調，在救亡、啟蒙的時代呼喚下，雜文與報告文學有較寬廣的發展空間，大量的作品也的確發揮了文體的功用，爲時代的苦難與掙扎、民眾素質的改變與提振、士氣人心的激勵等做了適切深刻的反映與見證。但不可否認的，以純美意識、審美藝術爲核心的抒情、敘事散文，雖然也有極佳的成果，而且使散文保持了永恆價值的生機，然在救亡呼聲四起的動盪年代，它確乎難以躍居主流地位，這很大部分是時代使然，少部分是作家心態與意識型態致之，這都可以（也必須）理解，但這正是現代散文（文學）的不幸與無奈之處。大體而言，現代散文三十年的成績還是豐碩的，二〇年代在生澀中不失銳氣，三〇年代在多元中隱見主潮奔騰，四〇年代則在紛亂中不失成熟。

【本文發表於與欒梅健教授合編之《中國現代文學概論》，
五南圖書出版公司，2003年】

附錄三

大陸當代散文發展概論

中國當代散文的發展，一方面繼承了中國現代散文既有的傲人成果與豐富面貌，一方面又隨著新的歷史形勢縱橫遷衍而走上獨特與嶄新的曲折道路。從1949年至今，當代散文已經走過半個多世紀，和現代散文相比，它的時間歷程更長，創作變化更劇烈，起伏跌宕，呈現出頑強、盎然的文體特色與多元氣象，不論是以抒情言志爲主的小品美文，還是以議論時事爲主的雜文，或是迅速反映現實的報告文學，都在這段時期有了新的轉折，並留下充滿生命力的動人軌跡。

現代散文三十年的主流趨勢，是由個人小我逐漸走向群體大我，從文學革命走向革命文學，從文學的啟蒙、審美逐漸走向政治、救亡，然而，當代散文五十年的主流趨勢恰恰相反，它從一開始的與政治關係密切，以意識形態爲中心，逐漸調整、轉變，在歷經「文革」非正常的文學劫難之後，個人的聲音開始出現，審美意識開始抬頭，雖然政治功利現象難以完全排除，但到了20世紀末，整體創作的審美情趣、美學理想與文學心態都已產生了深刻的變異，也從過往單音的教條變成了多元喧嘩的繁榮局面。

一、「十七年」散文：時代政治的頌歌

1949年至1966年，一般習慣上稱爲「十七年」，這是新中國成立之後的一個重要階段，當代散文的發展也由此揭開序幕。新中國的誕生，給作家們帶來振奮的激情與民族的自豪，從而發出對時代的歌頌與讚美，以巴金爲例，他在〈一封信〉中就語帶深情地寫著：「第一次在廣大群眾之間，如此清楚地看到中國人民光輝燦爛、如花似火的錦繡前程，我感受到心要從口腔裡跳出來，人要縱身飛向天空，個人的感情消失在群眾的感情中間，我不住地在心裡對自己說，我要寫，我要寫人民的勝利和歡樂，我要歌頌這個偉大的時

代，歌頌偉大的人民，我要歌頌偉大的領袖。」這樣的政治氛圍，使這個時期的散文題材自然帶有鮮明的時代精神色彩，並且形成一股以「頌歌」爲主的寫作熱潮。這類作品的感情表達是眞摯而強烈的，有其時代社會的意義，但其缺失也是顯而易見的，即在藝術審美層面上顯得不足，甚至趨於單一化、概念化的傾向。

「十七年」散文可以1956年爲界，從1949年到1956年爲前期，1957年反右擴大化和1958年「大躍進」之後，到1966年「文革」前夕則爲後期。前期以報告文學的成績較佳，後期則有抒情散文的一度勃興。

1.「十七年」前期以報告文學較突出

前期的散文創作觀念，基本上是四〇年代「解放區」散文觀念的延續，戰地通訊、特寫等報告文學成爲作家們最普遍採用的方式，也因此得到了迅速的成長。報告文學的題材主要有二：一是反映抗美援朝、保家衛國的勇敢事蹟；二是反映新中國社會主義建設的偉大成果。抗美援朝期間，許多作家奔赴前線，深入戰地採訪寫作，寫下了大量報告文學，較知名的有巴金的《生活在英雄們中間》、劉白羽的《朝鮮在戰火中前進》、《英雄平壤城》、楊朔的《鴨綠江南北》等，其中又以魏巍的《誰是最可愛的人》中的一篇〈誰是最可愛的人〉流傳最廣，影響最大。值得一提的是，在許多作家的集體創作下，出版了三部大型的軍事報告文學集：《朝鮮通訊報告選》（共3集，109篇）、《志願軍英雄傳》（共3集，60篇）、《志願軍一日》（共4集，426篇），爲這場戰爭留下了親歷其境的紀實作品。

爲社會主義建設謳歌的報告文學作品也大量湧現，如《祖國在前進》、《經濟建設通訊報告選》兩部大型專集，就是專門報導建國初期在經濟建設上獲得巨大成就的作品。此外，還有一批報導農村、工業和偏遠地區新氣象的作品，如柳青的〈1955年秋天在皇甫村〉、楊朔的〈石油城〉、靳以的〈到佛子嶺去〉、華山的〈大戈壁之夜〉、蕭乾的〈萬里趕羊〉、碧野的〈新疆在歡呼〉等，都在一定程度上留下許多動人的圖畫。不過，也有一些作品流於教條，盲目樂觀，宣傳意味過重。

前期的雜文在1956年時有了一度蓬勃發展的局面，《人民日報》等報刊先後推出雜文專欄，不少作家紛紛撰稿，葉聖陶的〈老爺說的沒錯〉、徐懋庸的〈眞理歸於誰家〉、夏衍的〈「廢名論」存疑〉、唐弢的〈「言論老生」〉、秦似的〈比大和比小〉等，論點犀利，構思精巧，是出色的雜文。但這股雜文熱，在1957年反右鬥爭開始後即迅速消退。抒情美文的寫作，在反右鬥爭前夕，也一度興盛。現代文學的知名作家在此時都有佳作問世，如冰心的〈小桔燈〉、老舍的〈養花〉、巴金的〈秋夜〉、豐子愷的〈廬山眞面〉、葉聖陶的〈遊了三個湖〉、沈從文的〈天安門前〉、從維熙的〈故鄉散記〉等，而楊朔發表〈香山紅葉〉，秦牧發表〈社稷壇抒情〉，爲他們此後在散文寫作上大放異彩邁出了可喜的步伐。

2.「十七年」後期抒情散文一度勃興

「十七年」散文在1957年後，進入相對活躍的後期。特別是抒情美文，在六〇年代初期出現了名家群起、佳作迭出的創作高潮。1961年年初，《人民日報》開闢《筆談散文》專欄，對散文進行討論，《文匯報》、《光明日報》等隨即響應，使散文創作和理論問題的討論廣泛而全面，同時，《人民文學》等刊物也紛紛發表散文作品，如楊朔〈茶花賦〉、〈荔枝蜜〉，劉白羽〈長江三日〉、〈紅瑪瑙〉，秦牧〈土地〉、〈古戰場春曉〉，冰心〈櫻花讚〉，吳伯簫〈菜園小記〉、〈歌聲〉，巴金〈從鐮倉帶回的照片〉等，均屬上乘之作，具有一定的藝術水準。由於在散文理論和創作上的豐收，1961年因此被稱爲「散文年」。在十七年的散文中，致力於散文審美藝術建構，並在當時產生最大影響的是楊朔、秦牧、劉白羽。楊朔散文充滿對詩意美的追求，劉白羽散文昂揚振奮、華美壯麗，秦牧散文則兼具知識性與趣味性，他們的獨特風格已經形成，藝術審美傾向也成爲一種典範，被視爲「十七年」散文三大家，影響了一批作家和文學青年。

報告文學在「十七年」文學的後期表現依然搶眼，而且文體的獨立性也大致確立。1958年，《文藝報》開闢了《大家來寫報告文學》專欄。1963年，人民日報社、中國作家協會舉行報告文學創作座談會，這是建國以來第一次舉辦有關報告文學的專門討論會。在這樣的情勢下，湧現了一批依舊不離「頌歌」主調的報告文學作品，如魏鋼焰的〈紅桃是怎麼開的？〉，歌頌紡織女工、勞動模範趙夢桃；陳廣生等的〈毛主席的好戰士——雷鋒〉，描寫共產主義戰士雷鋒「活著就是爲了革命」、「活著就是爲了使別人過得更美好」的崇高情操；穆青等的〈縣委書記的榜樣——焦裕祿〉，描寫共產黨幹部焦裕祿帶領人民戰勝自然災害、鞠躬盡瘁的感人事蹟；巴金、茹志鵑等的〈手〉，報導了中國歷史上第一次斷手再植成功的奇蹟。其他還有袁木等的〈大慶精神大慶人〉、黃宗英的〈小丫扛大旗〉、徐遲的〈祁連山下〉等，都是具有時代精神的作品，在歌頌式的題材背後，也流露出報告文學爲政治、政策服務的思維。

雜文在六〇年代初期也一度活躍。作家們敢於直面現實，議論時政，以雜文的批判性揭露社會的問題與矛盾，且又不失文采，嘻笑怒罵成文章，使雜文的文體特性有了發揮的餘地。鄧拓是此一時期雜文寫作的代表，他以「馬南邨」爲筆名從1961年3月起在《北京晚報》上開設《燕山夜話》專欄，同年10月，他又和吳晗、廖沫沙以共同的筆名「吳南星」在《前線》雜誌上開闢《三家村札記》專欄。鄧拓等的雜文多採以古論今、旁敲側擊的筆法，先從介紹歷史故事入手，再針對現實發表議論。1962年5月，《人民日報》副刊開設《長短錄》專欄，約請夏衍、吳晗、廖沫沙、孟超、唐弢等人撰稿。這些專欄的出現，造成全國許多報刊仿造而開設各種雜文專欄，從而促進了雜文的興盛。但這股興盛的勢頭沒有維持太久，1962年以後，隨著口號「千萬不要忘記階級鬥爭」的提出，這種針砭時弊的文體被有意的打壓而日趨消寂了。

「十七年」散文的發展是曲折而緩慢的，原本以自由、多元爲本質的散文，在要求配合政治運動與宣傳政策的束縛下，變得僵化而不自由，限制了作家在題材開發與主題深化上的進一步發揮，形成了以時代頌歌爲中心的寫作模式，加上許多作家爲歌頌而故作豪語，說假話、空話，導致作家自我精神、個性的萎縮，這就使得散文違背了抒寫眞情實感的審美原則，「五四」以來所推崇的個性色彩、自我抒情精神，在「十七年」散文中已經悄然遠去。

二、「十年文革」散文：曲折湧動的伏流

假如作家的自我個性在「十七年」文學中逐漸消退，那麼到了1966年至1976年的「文化大革命」期間，這樣的自由精神與自我意識可以說已經蕩然無存。這場史無前例的十年動亂，使作家創作力遭到嚴酷的摧殘，連生存都受到威脅，遑論提筆寫作，於是文學園地一片荒蕪。散文也不例外。六〇年代後期，公開性的文學讀物只有樣板戲和浩然的小說《艷陽天》。一連串政治運動的打擊，文學創作的成績乏善可陳，許多當代文學史書籍，對這段時期的介紹不是寥寥數行，就是根本不提。事實上，「文革」十年的文學創作雖然陷入停滯狀態，但也並非一片空白，在滿園荒蕪中仍有一些小花在頑強地開著，即使看來如此冷清、孤寂。隨著對文革文學研究的日漸深入，許

多資料的重見天日，文革期間的創作已經逐漸受到研究者的重視。

1.「潛在寫作」的重新發現

陳思和和王堯兩人應該是對「文革」文學研究的代表性學者。陳思和提出了「潛在寫作」概念，專指1949年以後到1976年「文革」結束期間，有些作家寫出作品但沒有及時發表的特殊現象。陳思和對「潛在寫作」解釋說：「指的是許多被剝奪了正常寫作權力的作家，在啞聲的年代裡依然保持著對文學的摯愛和創作熱情，他們寫了許多在當時環境下不能公開發表的文學作品。」[1]他主編了一套10卷的《潛在寫作文叢》[2]，收錄了胡風、無名氏、彭燕郊、張中曉、綠原、阿壠、食指等人的作品，有小說、詩、散文等，其中胡風、彭燕郊、阿壠、張中曉等人有為數不多的散文作品。王堯對文革文學研究多年，曾主編一套12卷的《文革文學大系》（1966-1976）[3]，按文體編排，其中有《散文報告文學》2卷，收錄許多文革十年期間發表的散文及報告文學作品，這套大系的出版，應是目前為止收錄文革時期作品最齊全者。

雜文的批判本質，使它在文革期間銷聲匿跡。抒情美文和報告文學則尚有一絲偷偷喘息的空間，但在質量與數量上都難以令人滿意。從現有的資料來看，文革期間的散文創作，能夠淡化政治，而以自我抒情敘事為主體的作品不多，謝璞的〈珍珠賦〉、許淇的〈琴

---

1 見陳思和：〈中國大陸當代文學史（1949-1976）的潛在寫作〉，《2006年王夢鷗教授學術講座演講集》（臺北：政大中文系編印，200年9月），頁25。

2 《潛在寫作文叢》共10卷，有胡風《懷春室詩文》、無名氏《花的恐怖》、《〈無名書〉精粹》、彭燕郊《野史無文》、阿壠《垂柳巷文輯》、張中曉《無夢樓全集》等，武漢出版社，2006年1月。

3 王堯主編的《文革文學大系》（1966-1976），共有小說5卷、散文報告文學2卷、詩歌2卷、戲劇電影2卷、史料1卷，臺北：文史哲出版社，2007年12月。

手〉、豐子愷的《緣緣堂續筆》等作品應該算是荒涼文苑中極少數教條色彩較淡者。〈珍珠賦〉發表於1972年11月26日《湖南日報》，謝璞以充滿詩意的筆調描寫洞庭湖的新面貌：

> 離開漁船，走上堤岸，只見千百條水渠，像彩帶似的，把無邊無際的田野，劃成棋盤似的整齊方塊。那沉甸甸的稻穀，像一壟壟金黃的珍珠；炸蕾吐絮的棉花，像一箱箱雪白的珍珠；婆娑起舞的蓮蓬，卻又像一盤盤碧綠的珍珠。那大大小小的河港湖泊，機帆船穿織如梭，平坦的長堤公路上，拖拉機往來不斷，到處是機聲隆隆，水暢人歡。今日洞庭，詩意盎然，彩筆難繪，簡直是一個用珍珠綴成的嶄新世界！

雖然在景物的激情描寫中，作者不忘「歌頌」精神地寫到突然傳來的一陣歌聲：「手握珍珠喜盈盈，千顆萬顆照洞庭；好水一湖金不換，幸福源頭在北京……」但整體來說，個人的抒情已經有了較多的發揮。

許淇的〈琴手〉發表於1974年第1期的《內蒙古文藝》，描寫一位年輕女電工托婭從小和爺爺學習馬頭琴，但在祖國需要電力建設的號召下，她疏遠了練琴，全心投入作業班的工作中，最後在一次聯歡晚會中，原本要上去演奏的她，看到窗外山路有根電線被風雪刮下來，使得對面宿舍燈火熄滅，於是暫停演奏，將琴交給爺爺代奏，衝出去爬上電線桿修理，十幾分鐘後又奔回舞臺，從爺爺手中接過琴開始演奏，博得了臺下熱烈持久的掌聲。雖然有些八股，但全篇洋溢著青春的氣息，一些細節的刻畫也頗為生動，例如琴與電的形象在托婭心中融合無間的一段即很出色：

> 有時候，電和琴這兩個夥伴的形象在拖婭的心裡融合在一起。礦山的風，草原的風，塞北的風，時而狂暴，時而固執，時而溫柔，在越嶺飛巒的電線上彈奏出各種聲音，就像琴弦被琴手撥動，發出不同感情的音樂語言。托婭在電線桿木下傾聽著，她能從風在電線上拉奏的歌，辨別出內在的電流是暢通還是受到阻隔。當她爬上輸電塔，白雲勾出她矯健的身影，她撥弄修理那電線的時候，輸電塔不正像巨大的琴身，而電線不正像琴弦一樣嗎？

像這樣融抒情與敘事於一體，使人物心境鮮活呈現的文字，在文革期間並不多見。

文革期間，豐子愷受到無情的批判和審查，身心備受摧殘，寫作中斷，直到1970年才開始作畫寫字，並從事翻譯。1971年，開始寫作《往事瑣憶》，後定名爲《緣緣堂續筆》，共33篇，但當時均無法發表，是典型的「潛在寫作」。這些文章充滿樸質的趣味，描寫人物的有童年玩伴、隔鄰豆腐店的小老闆〈王囝囝〉，孑然一身、自耕自食的〈癩六伯〉，故鄉石門灣後河的四個老太婆〈四軒柱〉等，敘事之作則有〈吃酒〉、〈舊上海〉、〈暫時脫離塵世〉等。這些作品看不到時代風雲的劇烈變化，也沒有對現實政治的呼應或牽涉，完全是憶往懷舊，筆調文風頗似晚年的周作人。例如〈吃酒〉，寫到難忘的幾次吃酒情境，有和好友在日本江之島吃壺燒酒，或在上海一家百年老店吃素酒，也有抗戰期間逃難途中結識的老翁，兩人以花生米下酒，閒談瑣事，最後提及在杭州時一位釣蝦的酒徒，娓娓寫來，確有幾分情味，且看其中一段：

> 我和老黃在江之島吃壺燒酒，三杯入口，萬慮皆消。海鳥長鳴，天風振袖。但覺心曠神怡，彷彿身在仙境。老黃愛調笑，看見年輕侍女，就和她搭訕，問年紀，問家鄉，引起她身世之感，使她掉下淚來。於是臨走多給小賬，約定何日重來。我們又彷彿身在小說中了。

文章寫得趣味橫生，有出世之感，這和殺聲震天的文革氛圍，政治掛帥的文壇風向完全不相干，彷彿置身另一個世界。

2.帶著鐐銬跳舞的艱難處境

和這些抒情散文相比，文革期間的報告文學在數量上顯得相對豐富，題材上多敘述工農兵的偉大事蹟和祖國建設的新成就，對於政治正確人物的報導充滿激情和崇拜，在文革期間產生了一定的影響力。〈一心爲公的共產主義戰士蔡永祥〉、〈一不怕苦、二不怕死的共產主義戰士〉、〈王鐵人的故事〉、〈人民的好醫生李月華〉、〈老紅軍團長方和明的新故事〉等，就是特殊時代下的產物，無可避免地充斥著濃厚的政治氣息，陷入八股教條的窠臼。即使是後來在散文領域大放異彩的余秋雨，他在文革期間寫的作品也難逃歌功頌德模式的影響，例如發表於1975年的〈記一位縣委書記〉，描寫新南縣縣委書記唐進照顧知識青年的感人事蹟，長萬餘字，雖然在題材上對共產黨領導的大加張揚，依然給人做作不眞實之感，但在刻畫人物上不失成熟的技巧，許多場景的描繪也頗生動。文末寫道西山公社裡的知識青年爭先恐後地到大蒼山開辦農副結合的青年綜合場，作者隨行上山，而有了以下的觀察和體會：

越往上走，山勢越險峻，樹木越茂密，風景越壯美，我的心胸也越開闊。我邊走邊想：大蒼山，就和祖國的其他千山萬嶺一樣，在它這林深岩疊、莽莽蒼蒼的身軀裡，埋藏著多少可歌可泣的革命歷史故事？而今天，額角被革命風濤刻滿了皺紋的唐進同志、周大爺他們，帶領著自己的兒女，不，帶領著一支宏大的青年革命隊伍，在這裡又開始一次新的長征！快走，在他們裡邊，我又將會聽到多少動人的新故事啊！我們攀上了一座山峰，白雲就在我們頭上。極目望去，只見前面一座更高的山峰上有幾面火紅的旗幟在綠樹中飄揚，旗下人影綽綽。一陣山風吹過，帶來了一個女青年輕亮婉轉的歌聲：

大蒼山喲——高又高呵，
紅軍的足跡喲遍山崽囉；
今天來了咱新一代喲，
山巔紅旗喲呵嗨——萬年飄囉！

文章的修辭是精美的，意象的塑造也是用心的，但這樣的報告文學作品在政治教條的束縛下，極左路線的控制下，也只能戴著鐐銬跳舞，文學審美精神在其中是微不足道了。

正如王堯所說：「曾經在很長的時期內，當代文學史的敘述是殘缺不全的，突出的問題是『文革文學』被擱置，當代文學史的敘述在進入到六〇年代中期後突然中斷了。這一現象可以稱爲文學史敘述的『斷裂』問題。當初對這一現象的解釋是『文革』無文學，或曰：『一片空白』，無疑，這一解釋在學理上是不能成立的。現在，學界已經無須就是否有必要研究『文革文學』再做爭論。……如果不能改變『簡單中斷』的觀點，當代文學史寫作中的『整體性』構架是無法實現的。」[4]過去，對文革文學的認識是不足的，僅從公開發表的作品來觀察，這一階段的表現的確顯得貧乏，但正如陳思和所言：「我們要在上世紀五〇～七〇年代的文學史裡尋找時代精神的多重性似乎是很困難的，因爲公開出版物裡不可能提供來自這方面的資訊。但在引入『潛在寫作』的文學史概念之後，這種單一的文學史圖像就被打破。」[5]即使如此，十年文革對文學的摧殘是嚴峻的，對文人的迫害是殘酷的，它使文學史的發展遇到挫折，甚至中斷，這也是不容否認的事實。這十年的文學，當然包括散文在內，就如同一條湮沒在沙土下的河水，在潛伏中等待重見天日的到來。

三、「新時期」散文：抒情精神的復甦

走向開放，重返「五四」，強調抒情精神，找回個體意識，是進入八〇年代「新時期」文學發展的基本軌跡和總體特徵。走過「文革」十年的冰封狀態，新時期的散文以其多元的藝術追求、自由眞實的姿態，從內容到形式都有了新的面貌，呈現出欣欣向榮的發展態勢。不管是抒情散文、批判性雜文，還是轟動一時的報告文學，都在新時期有了明顯的拓展與進步。

1976年，文化大革命結束，作家們迎來了撥亂反正、思想解放的春天。尤其是1979年11月召開的第四次全國文學藝術工作者代表大會，鄧小平明確提出「要著重幫助文藝工作者繼續解放思想，打破林彪、『四人幫』設置的精神枷鎖」，並且重申「百花齊放、百家爭

4 見王堯：《文革文學大系．導言》。

5 同註1，頁41。

鳴」的文藝方針，爲文學的健全發展提供了有力的支持。從檢討文革經驗、批評「四人幫」開始，文學創作邁向「新時期」的嶄新局面。至1989年爲止，這個階段的文學逐漸從爲政治服務的束縛中掙脫開來，創作主體意識逐漸增強，對散文文體的探索也有所突破。政治上的撥亂反正，經濟上的改革開放，和文學思想上的複調多元，共同匯聚成八〇年代文壇的繁榮浪潮。老、中年作家如巴金、冰心、劉白羽、孫犁、秦牧、袁鷹、韋宜君、楊絳、柯靈等，寫了許多思想深刻與情感眞誠的作品；中、青年作家如宗璞、賈平凹、趙麗宏、王英琦、謝大光等，成爲80年代散文創作的主力，個性突出，風格迥異；女性散文作家群在新時期也昂然崛起，張潔、王英琦、蘇葉、葉夢、韓小蕙等，以其女性獨到的觀察視野與細膩的情思，使新時期的散文天空燦亮多彩。這些各擅勝場的作家，使八〇年代的散文創作匯聚成一股澎湃的潮流，成績斐然。

1.浩劫之後，講眞話、寫眞情成爲散文創作主流

浩劫之後的散文復甦是從悼念、揭露、反思「文革」的創作題材爲標誌的。從1978年到1982年的新時期初期，「傷痕文學」與「反思文學」是文學的共同走向。散文也是和這個基本發展軌跡同步前進的。在傷痕累累與理性反思中，散文找到了呼應時代變化的突破口。陶斯亮的〈一封終於發出的信〉，揭開了「四人幫」對作者父親陶鑄迫害的眞實內幕；巴金的〈懷念蕭珊〉，追憶亡妻最後幾年的生活道路，血淚交織；其他如樓適夷的〈痛悼傅雷〉、丁寧的〈幽燕詩魂〉、陳荒煤的〈憶何其芳〉、黃宗英的〈星〉、柯岩的〈哭李季〉等一批以哀悼爲主的散文，由於觸動了人民的內心，被爭相傳閱，影響甚廣。哀悼之後，人們開始以較理性的眼光思索「文革」所帶來傷痕的歷史意義，作家們也開始從個人感受出發，表達對生

活的深層體會，從而具有更寬廣的內容。巴金的《隨想錄》、楊絳的《幹校六記》、丁玲的《「牛棚」小品》、孫犁的《芸齊瑣談》等，即是反思歷史、正視現實之作。

以「講眞話」爲主要訴求的《隨想錄》，不僅是巴金個人晚年文學的代表作，更是一代知識分子自我懺悔、心靈拷問的精神紀錄。他寫這些文章的出發點是要對「文革」做出個人的反省，正如他在《隨想錄》合訂本新記中所說：「拿起筆來，儘管我接觸各種題目，議論各樣事情，我的思想卻始終在一個圈子裡打轉，那就是所謂十年浩劫的『文革』。……住了十載『牛棚』，我就有責任揭穿那一場驚心動魄的大騙局，不讓子孫後代再遭受災難。」這5卷書「就是用眞話建立起來的揭露『文革』的博物館」。從這個理念出發，他從1978年12月寫下第一篇〈談《望鄉》〉到1986年8月寫完最後一篇〈懷念胡風〉，在八年的時間裡，陸續寫了150篇，共42萬字，後來編成五集，由人民文學出版社於1986年出齊。這五集總稱爲《隨想錄》，分別是《隨想錄》、《探索集》、《眞話錄》、《病中集》、《無題集》。可以說，《隨感錄》不僅是「新時期」，更是整個當代文學最可貴的收穫之一，也是最重要的散文創作成果之一。

歷經十年磨難，巴金基於歷史責任感與使命感，透過文字對歷史和人生做出深刻反省與理性思考，其中有勇於批判的雜文，如〈「遵命文學」〉、〈「長官意志」〉、〈文學的作用〉、〈小人．大人．長官〉、〈要不要制定「文藝法」〉、〈沒什麼可怕的了〉等；也有情眞意切、感人肺腑的悼念散文，如〈懷念蕭珊〉、〈懷念老舍〉等，表現出人間眞摯的愛，以及對扼殺這種愛、扼殺人性的憤懣，這些抒情散文爲他贏得了更多讀者。〈懷念蕭珊〉是在蕭珊逝世六週年紀念日時提筆撰寫，歷時六個月完成，可謂血淚之作。透過蕭珊被迫害致死的悲劇，巴金企圖呈現的是一個時代的悲劇，他以飽含深情之筆刻劃出蕭珊的動人形象，使本文成了哀悼散文的典範之作。文中許多相處的細節，讀來令人動容：

> 我記得有一天，到了平常下班的時間，我們沒有受到留難，回到家裡她比較高興，到廚房去燒菜。我翻看當天的報紙，在第三版看到當時做了「作協分會」的「頭頭」的兩個工人作家寫的文章〈徹底揭露巴金的反革命真面目〉。真是當頭一棒！我看了兩三行，連忙把報紙藏起來，我害怕讓她看見。她端著燒好的菜出來，臉上還帶笑容，吃飯時她有說有笑。飯後她要看報，我企圖把她的注意力引到別處。但是沒有用，她找到了報紙。她的笑容一下子完全消失。這一夜她再也沒有講話，早早地進了房間。我後來發現她躺在床上小聲哭著。一個安靜的夜晚給破壞了。今天回想當時的情景，她那張滿是淚痕的臉還在我的眼前。我多麼願意讓她的淚痕消失，笑容在她那憔悴的臉上重現，即使減少我幾年的生命來換取我們家庭生活中一個寧靜的夜晚，我也心甘情願！

全文語出肺腑，在椎心刺骨的哀傷中，飽含血淚的控訴，越是生活瑣事的點滴，感人的力道就越強。語言自然樸質是巴金散文最突出的藝術特色之一，他總能在普通的話語和平實的描寫中，寄寓深層的詩意境界。十年浩劫的急風暴雨，讓這些哀悼的抒情文字擁有真實深刻的動人力量。

2.報告文學在80年代一度輝煌

1982年以後，中國當代文學進入了黃金時期。由於思想的解放，使文學有了較爲寬闊的天地，作家的自我意識抬頭，無論創作個性或藝術風格都有了深刻的變化。報告文學在80年代找到了發揮的舞臺，以其迅速反應現實生活的文體特性，成爲新時期文學的主潮之一，也是報告文學最「轟動」的時期。80年代的報告文學可以分成兩個階段，以1985年爲界，前期主要是表現一人一事、以歌頌爲主題的人物式報告文學，後期則轉爲關注重大社會現象的問題式報告文學，作品視野開闊，從小景觀變成全景式的掌握。人物式報告文學的代表作品有徐遲的〈哥德巴赫猜想〉，報導數學家陳景潤克服困難尋求科學突破的奮鬥故事，被視爲新時期報告文學崛起的標誌性作品，帶動了以知識分子爲題材的報告文學熱；黃宗英的〈大雁情〉、柯岩的〈船廠〉、陳祖芬的〈祖國高於一切〉、穆青等的〈爲了周總理的囑託〉等文，也都是以知識分子和他們的實驗研究活動爲課題的作品，肯定他們對國家貢獻的動人事跡，也意味著對「文革」期間迫害知識分子錯誤政策的反省。

隨著改革開放的深入，報告文學取材的範圍逐漸拓寬，有現實社會的各式人物，也有歷史事件的重新檢視，使報告文學積極干預生活、反映現實的文體功能有更大的發揮空間，如劉賓雁的〈人妖之間〉、程樹榛的〈勵精圖治〉、李延國的〈廢墟上站起來的年輕人〉、袁厚春的〈省委第一書記〉、張鍥的〈熱流〉、喬邁的〈三門李軼聞〉、理由的〈中年頌〉、魯光的〈中國姑娘〉等，反映並記錄了新時期的各種人物形象，有歌頌，有批判，也有較強的藝術表現力。

1985年以後，報告文學從描寫眞實人物形象轉爲注重問題的深入挖掘，由微觀轉向宏觀，湧現了一批具有較大社會現實穿透力的作品，如涵逸所寫反映獨生子女問題的〈中國的「小皇帝」〉，錢鋼所寫記錄唐山地震災害的〈唐山大地震〉，霍達所寫反映知識分子問題的〈國殤〉，沙青所寫探討環保問題的〈北京失去平衡〉，以及李延國的〈中國農民大趨勢〉、張勝友、胡平的〈世界大串連〉、大鷹的〈志願軍戰俘紀事〉等，都是探討問題、視野寬闊的作品，密集的訊息量與深邃的思考力，加上強烈的時代精神，使它們產生了一定的社會反響。例如〈中國的「小皇帝」〉，探討獨生子女的教育問題，文中對那些「由祖父母、外祖父母及父母用全部精力供奉起來的、幾乎無一例外地患了『四二一』綜合症的孩子——獨生子女們」，有一針見血的觀察，許多例子眞叫人啼笑皆非，如一個小學三年級的十歲學生，每天晚上都由他母親半夜起床爲他「接尿」，到了十一歲還不會穿衣服；有一個四年級的學生每天中午除了別的飯菜以外，還要帶一個雞蛋，都是由父母負責剝淨蛋殼、裝進飯盒。但偶爾有一次，沒有幫他剝蛋殼，小孩子竟左看右看，發現沒有縫可以下手，只好不吃，帶回家去。母親問他，他的回答是：「沒有縫，我怎麼吃？」類此例子還有不少，作者不禁思考：「愛孩子，是人類的天性，這是毫無疑問的。而時下生活中反映出來的一個最尖銳的問題是：溺愛算不算愛？四個祖輩、兩個父輩圍著一個小太陽旋轉，轉得頭昏眼花也樂在其中，會不會總有一天樂極生悲？」這些以「問題」爲中心的報告文學作品，眞實而準確地呈現出社會中存在的嚴重問題，給人當頭棒喝之感，也帶給讀者深沉的反思，無怪乎這些作品一發表，立刻就會引起極大的迴響。

除了抒情散文、報告文學之外，以反映時代、表現生活，或頌揚、或批判的雜文，在新時期也受到讀者的關注。雖然它沒有報告文學那樣的轟動效應，但也穩定地向前發展，不論是作家隊伍或作品數量均有可觀。巴金、夏衍、唐弢、舒蕪、林放、黃裳、邵燕祥、孫犁、藍翎、李庚辰、蔣元明等，都在雜文領域辛勤耕耘，陣容堅強，是雜文隊伍的中間力量。《人民日報》、《光明日報》、《文藝報》、《人民文學》等許多報刊推出雜文專欄，吸引了廣大的讀者群，加上各地雜文學會紛紛成立，使雜文寫作蔚爲風潮。此外，這段時期還出現了專門提倡雜文寫作理論研究的《雜文界》雜誌，以及專門登載雜文的《雜文報》，都有力推動了雜文的寫作與研究。

這一時期出版的雜文集有：林放的《未晚談》、嚴秀的《嚴秀雜文選》、牧惠的《湖濱拾翠》、邵燕祥的《憂樂百篇》、藍翎的《金臺集》、陳小川的《各領風騷沒幾年》等，都能延續「五四」以來傳統雜文的特性，注重批判鋒芒，把握時代脈動，與社會現實緊密互動，有論者就認爲「這是自『五四』以來，整個中國現代雜文史上，雜文創作的第二個豐收期」[6]。

整體而言，在擺脫了「文革」的政治緊箍咒後，原本荒蕪的創作園地開始欣欣向榮，新時期的抒情散文、報告文學和雜文，在質與量上都有了明顯的提升。個人意識的覺醒，抒情精神的恢復，使新時期的散文表現千姿百態，不論在思想內容、題材範圍或藝術表現上都有所突破。

四、「後新時期」散文：繁華多元的審美景觀

1989年後，文壇進入了90年代的「後新時期」，散文在這個階段有更多元型態的發展，不論是作家風格還是文體的嘗試，隨著藝術的成熟和視野的拓寬，獲得了豐碩的成果。一般論者都把「散文熱」視爲90年代文學的重要現象，雖然這個熱潮與市場經濟下的

---

6 見莊漢新編著：《中國二十世紀散文思潮史》（北京：學苑出版社，2005），頁341。

文化消費特徵有關，但它的確在90年代形成一個熱鬧繁盛的局面。有論者指出：「有如70年代末80年代初小說、詩歌、戲劇浪潮迭起、紅紅火火越發襯托出散文緘默不語的窘態一樣，90年代小說、詩歌、戲劇等相繼偃旗息鼓、潰不成軍亦越發襯托出散文的一花獨放，極度活躍。」[7]這個論點或許稍有誇張，但它也道出了散文在90年代異軍突起的特殊現象。

散文在這一時期繁榮的局面是由以下幾個方面共同支撐起來的：一是發表散文的刊物增多，如《散文》、《散文百家》、《散文選刊》、《美文》等專門刊載散文的雜誌，以及如《十月》、《收穫》、《上海文學》等重要雜誌也都相繼開闢隨筆、小品等專欄，使散文的創作量激增；二是散文讀者群擴大，他們對散文作品的高購買力與閱讀風氣，使各種散文選本、書系，都有不錯的銷售佳績，如浙江文藝出版社的《現代散文全編》系列，百花文藝出版社的《百花散文書系》等，都受到讀者的喜愛；三是散文作者隊伍擴大，許多小說家、詩人、學者也紛紛提筆創作散文，使散文風格多元繽紛，從而促成了散文在90年代的大放異彩。小說家兼寫散文的如汪曾祺、王蒙、劉心武、史鐵生、張承志、韓少功、張煒、王安憶等；詩人兼寫散文的如周濤、于堅、翟永明、王家新等；學者兼寫散文的如季羨林、張中行、金克木、林非、周國平等。此外，還有一些新聞傳媒工作者也投入散文的寫作，如王充閭、梁衡、卞毓方等。這麼多的文人學者加入，散文的知識品味和文化份量也隨之提升，其盛況可與「五四」時期散文的興盛相呼應。有學者即認爲：「一部20世紀的中國現代散文史，是一個兩頭高中間低的馬鞍型的發展歷程」，

---

7 見沈義貞：《中國當代散文藝術演變史》（杭州：浙江大學出版社，2000），頁236。

「世紀末的這一次散文創作的繁榮或高潮，與世紀初從五四至三十年代中國現代散文的繁榮和高潮，形成前後呼應和映照。這樣一個由現象得出的結論大體上是不會太離譜的。」[8]

90年代以來的散文，較突出的是抒情美文與學者的文化散文，相形之下，雜文和報告文學則顯得有些冷清。

1.雜文與報告文學聲勢減弱

雜文的聲勢在80年代達到高峰，但進入90年代以後就如淺灘行舟般陷入低潮。80年代特定的政治生活氛圍，爲雜文的成長提供適切的土壤，在人們對民主政治普遍要求的風氣下雜文應運而起，但不可否認的，其中有些作品虛僞迎合，不夠眞誠，有些作品淺顯粗糙，藝術品格不高，這都爲90年代的頹疲不振埋下了種因。論者對90年代雜文的發展曾如此概括：「進入90年代以後，雜文寫作的勢頭有所減弱，這一方面由於社會政治環境的影響和制約，另一方面與市場經濟條件下人們傾向於休閒娛樂的文化消費觀念有關。人們面對世俗的誘惑，不再對現實的問題做出激烈的反應，人文關懷也逐漸淡漠，更多的是媚俗、迎合、即使還有少數人依然堅守人文立場，高舉啟蒙主義的大旗，堅持以批判爲己任，但在商品文化的滾滾浪潮中已不成氣候。」[9]一語道出報告文學在邁入90年代以後的困境。

報告文學在商業經濟大潮的衝擊下，由80年代的輝煌走向邊緣，形成一個極大落差，甚至呈現出衰退之勢。這一時期的報告文學，仍然以反映現實重大問題與事件爲主調，試圖以更貼近民眾需求、提供更多信息量來滿足讀者，但整體環境的改變，使報告文學和

---

[8] 見樓肇明等：《繁華遮蔽下的貧困——九十年代散文之路》（太原：山西教育出版社，1999），頁2。

[9] 同註6，頁342。

其他傳統文學創作都面臨了集體衰退的命運。在反映時代重大題材方面，報告文學其實與時俱進地發揮了其文體的特性，陸續報導了如農村現實、扶貧工程、希望工程、航空航天事業、長江三峽、黃河移民、環境汙染、生態保育、貧困大學生、知識分子處境等問題，甚至於連新科技領域、高科技人才、尖端軍事國防題材等也都進入了被報導的範疇，可以說在題材上有所拓展。除了問題式報告文學，還有一批作品是把眼光投向歷史，試圖重新以現實眼光來審視歷史上的重大事件，由於帶有明顯的述史寫志的特點，因此被學者稱爲「史志性報告文學」[10]。這類作品如張建偉的〈大清王朝的最後變革〉，談的是1905年至1906年間由袁世凱、瞿鴻禨、慈禧等人參與的一次政治變革活動；盧躍剛的〈長江三峽：中國的史詩〉，以回溯的方式介紹了長江三峽水利工程從開始的構想到決議的過程，透過主要人物林一山、李銳的交鋒，對此一工程歷史做了詳盡的報導；何建明的〈歷史，不會永久被淹沒〉則對大慶油田的發現過程進行了生動的歷史描繪；此外，如麥天樞的〈昨天——中英鴉片戰爭紀實〉、李鳴生的〈走出地球村〉、張勝友的〈沙漠風暴〉等，也被歸類於史志性報告文學。對於史志性報告文學的作用與價值，論者認爲「在歷史的有關領域尋求和報告對現實有啟發和參考的內容，試圖以史爲鏡，更清楚地了解和把握現實。」[11]換言之，「這些作品對以往冰凍或湮沒的重大史實重新化解、挖掘，力圖用歷史與現實的標準加以審視，使其本於歷史、指歸於現實。」[12]雖然經過數十年的發展，報告文學仍是尚

---

[10] 這個名詞是報告文學研究者李炳銀所提出，他並且編了一本《史志性報告文學》，1999年由北京師範大學出版社出版。

[11] 李炳銀：《史志性報告文學．序》（北京：北京師範大學出版社，1999），頁8。

[12] 王萬森、吳義勤、房福賢主編：《中國當代文學五十年》（青島：中國海洋大學出版社，

在成長中的年輕文體，如何在文學的藝術與新聞的素養中求取平衡的融合，即使是進入新世紀，也還是報告文學創作者與研究者必須面對的課題。

2.「美文」與「大散文」構成90年代散文主潮

90年代的散文文壇，居主潮之一的抒情散文有著極爲亮眼的表現。由賈平凹主編、以「倡導美的文章」爲宗旨的《美文》雜誌在1992年9月創刊，其所標榜的「美文」和「大散文」樹立起90年代散文的風格和品味的藝術追求。「美文」概念的提出，強調散文要回歸抒情的傳統，要強化散文的藝術本體特徵，汪曾祺、張中行、張煒、賈平凹、韓少功、周濤等人的作品即有此傾向，王英琦、舒婷、韓小蕙、唐敏、鐵凝、張抗抗等女性作家的散文也以此見長；「大散文」概念的提出，開拓了散文創作的領域，放開了作者思想的疆域，同時也加深了散文的知識品味和文化重量，余秋雨、季羨林、金克木、王充閭、卞毓方、林非、李存葆、夏堅勇等人具歷史底蘊與文化思考的作品，以及史鐵生、張承志、韓少功、周國平等人的作品對人生和命運有形而上的思索、人文理想的堅守，都可歸入於「大散文」的寫作之列。

90年代「美文」的提出，使抒情散文有了豐碩的收穫。汪曾祺以市民生活情趣爲題材的作品，周濤以西部邊陲生活爲背景的作品，賈平凹以西北獨特生活爲背景的創作，都是充滿風土人情，地域色彩鮮明，堪稱抒情散文的代表作。汪曾祺，江蘇人，被稱爲「京派」小說的傳人，同時又以散文集《蒲橋集》、《塔上隨筆》、

2006），頁258。

《逝水》、《五味集》等馳譽文壇，其作品多寫故鄉風物、童年趣事、個人經歷的回憶，以其濃厚文化氛圍和語言的質樸有味，構成獨特的汪氏美學風格。丁帆在《五味集．代序》中就指出：「汪氏的散文卻是在平淡如水的敘述描寫之中，使你讀出無窮的意蘊。它們的靈氣就在於作者把自己一生的文化、知識、經驗變形於娓娓的談天說地式的平靜描述中，避開那種雕琢的人工匠氣，走進眞正的生活之中，將中國的傳統文化『化入』一種純眞無邪、清澈明朗的意境之中。」[13]如〈蘿蔔〉一文的首段，汪曾祺美食家的品味在不經意中已輕輕帶出：

> 楊花蘿蔔即北京的小水蘿蔔。因為是楊花飛舞時上市賣的，我的家鄉名之曰：「楊花蘿蔔」。這個名稱很富於季節感。我家不遠的街口一家茶食店的屋下有一個歲數大的女人擺一個小攤子，賣供孩子食用的便宜的零吃。楊花蘿蔔下來的時候，賣蘿蔔。蘿蔔一把一把地碼著。她不時用炊帚灑一點水，蘿蔔總是鮮紅的。給她一個銅板，她就用小刀切下三四根蘿蔔。蘿蔔極脆嫩，有甜味，富水分。自離家鄉後，我沒有吃過這樣好吃的蘿蔔。或者不如說自我長大後沒有吃過這樣好吃的蘿蔔。小時候吃的東西都是最好吃的。

沒有奇崛的語句，只有寧靜把玩的淡泊心態，但卻自成充滿性靈的審美世界。在散文集《蒲橋集》中介紹汪曾祺散文的特點時說：

---

[13] 丁帆選編、汪曾祺著：《五味集．代序》（臺北：幼獅文化公司，1996），頁5。

「此集諸篇，記人事、寫風景、談文化、述掌故，兼及草木蟲魚，瓜果食物，皆有情致。間作小考證，亦可喜。娓娓而談，態度親切，不矜持作態，文求雅潔，少雕飾，如行雲流水。春初新韭，秋末晚菘，滋味近似。」[14]可謂一語道破。

周濤，山西人，九歲時因父親工作調動而進入新疆。80年代初期以詩歌嶄露頭角，是「新邊塞詩」的倡導者之一。80年代中期以後改寫散文。90年代以後出版的散文集有《稀世之鳥》、《周濤自選集》、《秋風舊雨集》、《人生與幻想》、《周濤散文》等。周濤的散文以描寫西部邊陲的自然人文景觀爲主要內容，情感充沛，充滿想像，擅長描寫西部土地的廣漠、坦蕩與神祕，被稱爲「西部風骨」，如〈牧人的姿態〉、〈過河〉、〈鞏乃斯的馬〉、〈猛禽〉、〈北塔山紀事〉、〈西部與西部〉、〈天山的額頂與皺摺〉等即是這種風格的代表作。賈平凹，陝西人，散文集有《月跡》、《愛的蹤跡》、《心跡》、《人跡》、《商州三錄》、《商州散記》、《賈平凹散文自選集》等。賈平凹的散文取材廣泛，不拘一格，以生長的陝南商州大地爲創作基石，以充滿鄉土氣息的作品爲代表，厚重、樸實、率眞的筆致，使他在後新時期的小說及散文界獨樹一幟。

自新時期以來，女性作家就是散文創作中一支重要的隊伍，她們以清晰的性別意識，善於從日常生活中挖掘詩意，表達自我內心眞實細膩的情思，抒情美文是她們的拿手戲。她們關注女性自身的命運，對「愛」與「美」執著追求，雖然有一部分作品因題材的狹隘、重複、瑣細，以及表現手法的簡單化、平面化，而被批評爲「小女人散文」，但大部分的女性散文，還是以其心靈的深刻內

---

14 汪曾祺：《蒲橋集．自序》（北京：作家出版社，1991）。

省、精神家園的執著追求、抒情筆法的豐富多變，織就散文的另一片天空，受到廣大讀者的歡迎。有論者認爲「20世紀90年代對於中國女性散文而言可謂是一個黃金時代」，不僅是女性作家隊伍壯大，而且大量的女性散文系列叢書、個集、合集相繼出版，「據不完全統計，從1990年到1999年十年間，出版各類女性散文集子四百餘種，女性散文系列叢書二十餘種，影響較大的如《90年代女性散文11家》、《風頭正健才女叢書》、《都市女性隨筆（兩種）》、《紅辣椒文叢》、《金蘋果散文系列》、《紅櫻桃書系》、《萊曼女性文化書系》、《她們文學叢書·散文卷（4輯）》、《野薔薇文叢》、《金蜘蛛叢書》、《女作家愛心系列》、《心箭叢書》、《海外著名華人女作家新潮散文系列》等。」[15]還有許多報紙、刊物也推出專欄，大量刊發女性散文作品。

90年代的女性散文作家中，慣於書寫女性生命意識覺醒、歌頌母愛的有冰心、張潔、方方、蔣子丹、馮秋子、趙翼如、杜麗、李佩芝等；筆觸能直指社會的有張潔、張抗抗、鐵凝、方方、王英琦等；作品充滿文化味與書卷氣的有宗璞、楊絳、馬瑞芳、樂黛雲、趙園等；其他如梅潔、舒婷、唐敏、蘇葉、斯好、韓小蕙、曹明華、殘雪、王安憶等人，也都透過散文展示了她們豐富美麗的生命姿態。對於90年代女性散文的表現，雖然有不少批評的聲浪，但整體而言，肯定的聲音較多，有論者即讚揚道：「她們所著力表現的，大部分都還是世界、國家、社會、人類、精神家園、心靈歸宿、價值取向、人生追求以及終極關懷。格調是純正的，胸襟是宏闊的，視野是高瞻

---

15 引自劉思謙、郭力、楊珺著：《女性生命潮汐——20世紀九十年代女性散文·前言》（鄭州：河南大學出版社，2005），頁1。

的，在這幾方面均上升到了文學的層面而不是單一地停留在性別的取向上。」可以說，和80年代的女性散文相比，90年代的女性散文已經有了超越以往的寫作高度。

「大散文」的概念具體落實在90年代興起的學者散文、文化散文和以精神思索、心靈追求爲傾向的一些散文作品上。它們的共同點是作品能將學識與文化意蘊融爲有深度的思考，給讀者思想的撞擊與知識的增長，呈現出較強的人文色彩與思索意味。在90年代商品經濟大潮衝擊文化市場的背景下，原本文學已經成爲消費市場的一環，輕薄短小的形式與內容成了消費時尚，但令人訝異的是，這類讀來有些沉重與哲理意味的作品卻仍能吸引許多讀者，甚至暢銷，令人對散文文體的包容性與藝術魅力感到振奮。

雖然有些研究者對於散文的文化轉型存有疑慮，認爲90年代學者的文化散文在整體狀況下其實並無多大成就，因爲「它所敘述的大多是與自己的專業、學術相關的知識或專業知識的通俗化、普及化，所採用的操作方式大多是一些現成的『文章作法』，質言之，既沒有在思想上有所獨創，又沒有在美學上有所推進，相反，過多地側重於專業知識的介紹無疑使散文泛化了，即重新回復到與文章糾纏不清的狀態，極大地削弱了散文的文學性。」[16]這是從狹義的純文學散文角度出發的觀點，「大散文」所要追求的恰恰是鬆綁的、廣義的散文，而這種帶有濃厚文化氣息和深沉文化感的散文在90年代的出現，毋寧說是給漸顯疲態的抒情散文一劑強心針，也拓展了散文的審美空間。

學者散文和文化散文略有不同。學者散文的作者大都是一些從事

---

16 見沈義貞：《中國當代散文藝術演變史》，頁242。

於人文或社會學科研究的學者，他們具有較爲豐富的學術涵養與人生閱歷，能將理性思考與生存的個人感受融合爲文，如較爲資深的學者散文作家有張中行、季羨林、金克木等，相對年輕的學者散文作家有余秋雨、劉小楓、朱學勤、雷達、吳亮、葛兆光、周國平、李慶西、王曉明、陳思和、王堯等一代學人；文化散文的作者不一定是學者（但大部分是），他們在寫作時能採用一種文化視角，表達他們對歷史、人生、文化和學術的感悟與認識，如余秋雨、王充閭、林非、李國文、卞毓方、李存葆、夏堅勇等人的作品即是。不管是學者散文還是文化散文，在90年代的領軍者都是以《文化苦旅》、《山居筆記》成名的余秋雨。有學者就指出：「在所謂學者散文的潮流和風氣中，余秋雨的散文創作又不能不說是最領風騷的文學現象。《文化苦旅》等等成爲90年代學者散文話題中不容忽視和迴避的現象。如果將它們視爲其中最爲重要的創作現象，那也是完全不過分的。……他雖然堪稱學者散文的代表，但他的文學精神和情感方式卻不完全是學院式的，不如說是更接近和具有社會化和平民色彩的。……他已經爲當代人文知識分子的價值實現方式找到了一條實踐的途徑，並且，余秋雨本身的實踐也具有典型的示範意義。」[17]

學者散文、文化散文之外，另有一批作家如史鐵生、張承志、韓少功、周國平、南帆、張煒、梁曉聲、王小波等，個人姿態突出，以追尋精神信仰、維護精神家園的人文情懷著稱，對抗世俗的心靈萎縮、文學創作的媚俗傾向，從而使作品帶有哲理的詩意、生命的理趣與宗教的求索，從另一個角度實踐了散文文體的「大」。以史鐵生爲例，他於1969年到延安地區插隊落戶，卻在1972年因雙腿癱瘓回到

---

[17] 吳俊：〈余秋雨散文創作略談〉，《當代作家評論》2000年第6期。

北京休養，後在街道工廠工作。1979年開始發表文學作品。二十多年來，他坐在輪椅上，一面受病痛的折磨，一面又表現出超越生命侷限的勇氣，以寫作記錄個人對生命的體悟，從而確立了令人敬佩的精神境界。他的散文作品有《自言自語》、《我與地壇》、《病隙碎筆》等，其中以《我與地壇》最為讀者熟悉，史鐵生孤獨地坐著輪椅在生死之間徘徊的身影，從此深深烙印在讀者心中。學者李曉虹分析說：「精神的拯救是無法依靠外援的，他所需要的是自我精神拷問和提升，是對生命本質的全新認識。其實，當寫出〈我與地壇〉的時候，史鐵生已經走出了困境，走到一個新的境界。他站在了新的生命平臺上，平靜地考慮生死，考慮生命的『來路』和『去路』，他越來越從容，越來越有氣度地與上帝坐在談判桌上，論人，論命運，論生命的偶然和必然。」[18]這種不斷追尋、扣問、拯救、超越的心靈旅程，使史鐵生的散文帶有濃厚的哲思色彩，帶領讀者進入人類命運與精神的深邃意境，這種「深」也就是一種「大」，可以說，90年代的「大散文」，因為有史鐵生、張承志等一批人文反思深刻的作品，而有了更精采、豐富、崇高的樣貌與意義。

90年代散文還有一個特殊現象，那就是20世紀20到40年代的中國現代散文作家的作品，在90年代再度進入讀者視域，擁有廣大的讀者群，一些散文經典的不斷重複出版，給90年代散文的繁榮創造了良好的氛圍。胡適、魯迅、周作人、林語堂、豐子愷、沈從文、徐志摩、郁達夫、梁遇春、張愛玲、錢鍾書等人的作品及其文化身影，在20世紀末又再度高大起來，他們作品中的文化性，使90年代在「散文熱」的同時也興起了一股「文化熱」、「學術著作熱」，這

---

18 李曉虹：《中國當代散文發展史略》（臺北：秀威資訊科技公司，2005），頁139。

股「文化熱」間接地推動了學者散文、文化散文的發展。

五、新世紀散文：網路化、市場化下的新思維

21世紀的散文與20世紀90年代的散文有著直接的血脈聯繫，在90年代所形成的格局基本上延續到了新世紀。包括散文作家群體、發表園地、寫作題材，都是在90年代的基礎上持續發展，並有了新的特色與轉換。大體而言有以下幾個特點：

1. 新媒體散文的進一步深化：文學作品網路化是全球化後一個既有的發展趨勢，透過報紙、網路、電視等媒介的推波助瀾，散文的繁榮前景與可能性正在形成。湖北教育出版社於2001年企劃推出的5卷《新媒體散文》，幾乎囊括了在商報、都市報、城市周刊、時尚雜誌、網路等各種新媒體上的專業作家、自由撰稿人、媒體編輯和網路寫手的文章。叢書企劃人王義軍認為，從2001年開始，中國當代散文已經進入「新媒體散文」的時代。「新散文」網站的架設，對散文繁榮的推進也產生一定作用。許多作品都是先在網路上流傳，後來才被報刊轉載，如2004年有兩篇在網上廣為流傳的散文，一篇是王恆績的〈娘，我的瘋子娘〉，一篇是胡子宏的〈懷念我的妻子〉，透過網路迅捷、開放的傳播，很快就廣為人知。新世紀以來，媒體與文學的關係日益緊密，將來的發展有待觀察。
2. 市場化下的消費傾向：在大眾文化的衝擊下，部分散文無可避免地染上了娛樂、消遣、遊戲的色彩，篇幅短小、帶有知識性、趣味性、情感性的短文，成了報刊媒體不可或缺的一部分。90年代興起的文化散文，那種氣勢恢宏、內容厚重的作品，新世紀以後漸漸減少。讀者的閱讀趣味發生很大的改變，促使散文的消費傾向日益明顯，而消費傾向又促使散文產生變化，這些變化一時間還很難論

斷其得失。從好的一面看，散文因此跳脫了以往單純的語言藝術的思維，「變成兼容音樂、繪畫、攝影、建築、影視等多種藝術和科技因素的有機綜合」[19]，如此一來，作家的思維觀念和藝術形式都將隨之調整，散文的生產與消費也將有所變革，以適應市場經濟的需求。這對散文的發展而言並非壞事，反而更能顯現出散文文體的伸縮延展性、包容性。當然，有些論者對於散文中的娛樂、遊戲色彩過重也提出了批評：「散文中休閒的、娛樂的、遊戲的成分太重，眞正有思想深度和文化衝擊力的作品太少，閒情逸致的情調太濃，喪失了知識分子的批判立場，使散文便成了一種隨性書寫的缺乏美感的甜膩快餐，小資情調、市儈哲學、實用主義充斥文本，缺乏精神的良知和社會責任感，漠視社會的深層問題。」[20]如何在市場消費與純文學之間取得平衡發展，是21世紀散文創作仍需嚴肅面對的課題。

3. 新生代作家的探索值得期待：儘管經濟的全球化、信息的網路化、市場的消費化所共構的新語境，對散文創作產生極大的衝擊，也促使散文文體的相應變異，然而，還是有一些新生代作家對「新散文」發出了呼喚的聲音，如百花文藝出版社的《後散文文叢》、《後散文書系》，《人民文學》的「新浪潮」專欄，《大家》的「新散文」專欄，「新散文」網站，以及各種「新散文」文集，推出了一批新銳散文作者，「這些新銳散文作者大多有著敏銳的直覺與豐富的想像力，試圖以其獨特的個性文本衝擊傳統的散文樣式。

[19] 引自吳秀明主編：《中國當代文學史寫真》（杭州：浙江大學出版社，2002）下冊，頁1200。

[20] 見王萬森、吳義勤、房福賢主編：《中國當代文學50年》（青島：中國海洋大學出版社，2006），頁299。

新銳作家的散文探索使散文園地有一種盎然的生機，無論題材、手法，還是語言表述都展現了散文探索的成就。」[21]這批年輕新秀有周曉楓、格致、劉亮程、黑陶、李曉君、雷平陽、方希、盧麗琳、馬明博、朝陽、沈念、劉春等。江山代有才人出，散文界也不例外，只有新的生命、新的聲音、新的力量加進來，散文才能在既有的豐厚傳統基礎上再求突破，再造新境。

整體而言，中國當代散文已經走過一甲子的歲月，雖然它有自己的藝術規律和發展歷程，但它也和當代文學的發展趨勢呈現共構共榮的局面。從新世紀回眸當代散文的曲折過程，可以清晰地看到「十七年」階段在時代性要求下的政治頌歌傾向，也可以看到「十年文革」時期散文的瘖啞、沉寂狀態，以及在政治共性壓迫下悄然堅持的潛在寫作現象，至於80年代「新時期」的來臨，給了散文回歸抒情傳統、個性私語發聲的空間，也從此迎來了當代散文的春天。雖然，市場經濟的大潮在上個世紀末排山倒海而來，衝擊了作家創作與作品出版的思維與型態，但堅持藝術審美、擁抱文學理想的創作者並未完全消失，史鐵生、黃永玉、楊絳、王蒙、張承志、周國平、王安憶、張潔、馮驥才、張抗抗、韓東、于堅、李存葆、賈平凹、李銳、余秋雨、鐵凝、韓小蕙、王英琦、葉夢、周曉楓、南帆、韓少功、王小妮、舒婷、池莉、陳丹燕、斯妤、劉亮程、筱敏等一長串的名字，以及這些名字所創作出的作品，就是最好的說明與見證。

從「新時期」開始，當代散文也匯入了文學多元、對話、複調、眾聲喧嘩的潮流中，發出與眾不同的聲音，展現獨立、自由的姿態，這種多元、自由、對話時代的來臨，也正是當代散文即將邁向又一次

---

21 同上註。

高峰的先聲。年輕的文學批評家謝有順的一段話可以爲此做一總結：

> 當代文學的前三十年，基本上是同質性的文學，是用一種思想、一種手法、一種經驗創作出來的文學，到了近二十年，異質性的文化思想和文學觀念才開始在我們的國家慢慢浮出水面，並獲得公開談論的自由。如今，我們看到的中國文學，主流與非主流、歷史和現實、理想和虛無、現實主義和現代主義、現代主義和後現代主義、普通話和方言、追索意義和張揚無意義、為人生和為藝術、為社會和為自我，等等，互相對立、互相交織但同時共存。多聲部對話的時代真的已經初具規模，這就為我們時代產生偉大的文學奠定了一個很好的基礎。[22]

在這樣的基礎上，我們有理由相信，當代散文的發展已經走在令人充滿信心與期待的光明坦途上。

【本文發表於與欒梅健教授合編之《大陸當代文學概論》，
五南圖書出版公司，2008年】

---

22 謝有順：〈敘事也是一種權力〉，《先鋒就是自由》（濟南：山東文藝出版社，2004），頁15。

國家圖書館出版品預行編目資料

現代散文概論／張堂錡著. ——初版. ——臺北市：五南, 2020.01
面； 公分
ISBN 978-957-763-685-0（平裝）

1.散文 2.現代文學 3.文學評論

820.9508 108015935

1XHB 現代文學系列

現代散文概論

作　　者— 張堂錡
發 行 人— 楊榮川
總 經 理— 楊士清
總 編 輯— 楊秀麗
副總編輯— 黃惠娟
責任編輯— 高雅婷
校　　對— 蘇禹璇
封面設計— 王麗娟
出 版 者— 五南圖書出版股份有限公司
地　　址：106台北市大安區和平東路二段339號4樓
電　　話：(02)2705-5066　　傳　　真：(02)2706-6100
網　　址：http://www.wunan.com.tw
電子郵件：wunan@wunan.com.tw
劃撥帳號：19628053
戶　　名：五南圖書出版股份有限公司
法律顧問 林勝安律師事務所 林勝安律師
出版日期 2020年1月初版一刷
定　　價 新臺幣320元